El secreto del alfa

Renee Rose

Lee Savino

Traducido por
Begoña Marin

 Creado con Vellum

Índice

Libro Gratis - La virgin y el vampiro

Quiere un libro gratis de Renee Rose y Lee Savino? Suscríbete a su newsletter para recibir *La virgin y el vampiro* y otro contenido especialmente bonificado y noticias de nuevos. https://BookHip.com/XJPQQXK

Libro Gratis de Renee Rose

Quiere un libro gratis de Renee Rose? Suscríbete a mi newsletter para recibir **Padre de la mafia** y otro contenido especialmente bonificado y noticias de nuevos. https://BookHip.com/NCVKLK

Capítulo Uno

G *rizz*

"Malditos vampiros retorcidos".

El club de BDSM Toxic de los vampiros es mitad salón, mitad mazmorra medieval: todo el mobiliario es de madera maciza, terciopelo rojo y hay rincones oscuros en los que cualquiera puede perderse. En un extremo, una barra pequeña sirve solo licor de primera calidad y vinos raros. Las copas tintinean, un sonido civilizado que pronto será ahogado por los más decadentes que provienen de la mazmorra.

Por encima de nuestras cabezas, la música comienza a palpitar desde el techo. No mucho antes de que las parejas comiencen a descender del club nocturno de la planta superior.

Me abro paso a través de las sesiones, con cuidado de no tocar ninguno de los implementos de tortura ni los muebles a medida que se ciernen como monstruos de pesadilla en la tenue luz. La vista de bancos de azotes y cruces de San Andrés es suficiente para hacer que un sumiso se estremezca y jadee con ganas. No tiene mucho sentido para mí, pero lo veo suceder todas las noches.

Espero en las sombras mientras el primero de ellos entra y otras parejas bajan por las escaleras. Algunos se dirigen directamente a su área favorita o alcoba privada, otros se quedan paralizados al pie de las escaleras, mirando la mazmorra con una mezcla de terror y deseo.

Los vampiros mantienen la oscuridad aquí abajo, tal vez para ocultar lo que son. Eso podría funcionar para los frágiles sentidos humanos, pero los huelo a cada paso. Aquí hay uno atando a una hermosa rubia a la pared. Otro está sentado en el salón con un hombre delgado en su regazo. El vampiro susurra al oído de su sumiso y los ojos del hombre se abren de par en par, fijos en una exhibición de implementos iluminada. Herramientas de tortura, las llamo, a pesar de que los sumisos parecen amarlas. Demonios, la excitación se derrama del hombre mientras su maestro vampiro lo ata a un banco de azotes. El humano no puede esperar a que le abofetee el trasero.

No lo entiendo. Es un misterio para mí, un ritual de parejas que no tiene sentido.

Cuando el vampiro chasquea los dedos, una encantadora pelirroja se une a la pareja masculina, va a la pared de donde selecciona un látigo negro antes de regresar al vampiro que hace un gran espectáculo atando a su compañero. La pelirroja lleva una túnica y una tanga blanca claramente visible bajo la fina tela y un collar de cuero blanco se abrocha alrededor de su cuello. Con una reverencia, le ofrece el látigo a su amo manteniendo una pose de servicio durante el tiempo que sea necesario para que él lo agarre. Ante su gesto despectivo, ella se retira para esperar la siguiente orden. Algunas personas se han congregado para ver al vampiro azotar a su sumiso masculino, pero yo solo quiero mirar a la pelirroja.

Una brisa se agita en el club cuando el aire fresco sopla desde las rejillas de ventilación del aire acondicionado. La pelirroja tiene piel de gallina y se le tensan los pezones. Tiene frío, maldita sea. No sé por qué me importa.

No entiendo el punto de toda esta pompa y ceremonia; es el peor tipo de juego previo, innecesario y complicado. Pero no es de extrañar que a los vampiros les apetezca. La mitad de estos hijos de puta crecieron en la era victoriana.

Entiendo el atractivo de la pelirroja. Tiene un delicado rocío de pecas en la cara y en los pies descalzos. Se encuentra en el borde de la escena, tranquila y discreta, mientras su maestro despliga la escena con otro. Si yo fuera su maestro, no la ignoraría. Y seguro que no entraría en escena con otro. La mantendría cerca, la ataría hasta que supiera que me pertenece. La entrenaría para que me salude, me tire en el sofá con manos ansiosas, se ponga de rodillas entre mis piernas y me dé una bienvenida adecuada.

Ante eso, tengo una dura erección y me alejo de la pelirroja. Verla irrita a mi oso y necesito la cabeza fría esta noche. Tomé este trabajo porque es discreto, pero lo más importante, porque me acerca a mi presa final.

Mis pesadas botas baten un ritmo familiar mientras hago las rondas por el club. Puedo moverme sigilosamente, pero mejor que vean un gran patán corpulento, un oso empleado por vampiros, un sirviente del rey, aunque la mayoría de las parejas me ignoran. En este club BDSM de vampiros uno tarda un poco en adaptarse, pero es tranquilo, a diferencia del Shifter Fight Club, el club de lucha de cambiantes donde solía trabajar. Aquí la mayoría de los clientes son educados y hacen lo suyo.

De pronto, una rubia se escabulle casi desnuda, solo

lleva una diminuta tanga de encaje rojo y collar negro. Una correa le cuelga del cuello y le cae entre los senos. Sonríe cuando pasa a mi lado y se echa la correa atrás del hombro para que cuelgue entre los globos enrojecidos de su perfecto culo.

Sí, ser portero en el club BDSM de los vampiros es un buen trabajo si puedes conseguirlo. Algunas noches son más agradables que otras.

Doy la vuelta a la esquina y allí está ella, la pelirroja, desnuda y con los brazos estirados sobre la cabeza. El vampiro hace una demostración de ataduras de algún tipo de esclavitud usando a la sumisa pelirroja como modelo. La túnica blanca se acumula a sus pies y ella le obedece con expresión tranquila, casi dichosa. Hay también un puñado de pecas en sus brazos y hombros. Su pecho sube y baja con respiraciones profundas y uniformes mientras la cuerda contrae su torso y sus pestañas revolotean.

Cuando el vampiro termina la demostración, desata a la chica ordenándole que guarde la cuerda y despidiéndola con un chasquido en el trasero. Un gruñido se aloja en mi garganta. Joder, he estado parado aquí mirando durante demasiado tiempo.

—¿Te gusta lo que ves, cambiante? —un vampiro cecea a mi lado—. Tal vez deberías intentarlo.

Espero hasta que la pelirroja desaparezca en una alcoba privada antes de murmurarle a mi compañero de conversación no deseado:

—Claro, Benny. ¿Qué tal sería sobre tu cadáver?

El vampiro Benny me muestra los colmillos.

—Mi nombre es Benedicto.

—Lo sé. —Inclino la cabeza hacia un lado, ya aburrido. Benedicto es uno de los vampiros más jóvenes, convertido hace solo un siglo, pálido y delgado como si se estuviera muriendo de algún consumo. Tal vez fue consumidor cuando se convirtió—. Te puse un apodo. Si yo tuviera la mala suerte de llamarme Benedicto, buscaría una alternativa.

Las cejas de Benny se alzan. Tengo cuidado de no mirarle a los ojos, pero puedo decir que está molesto por la forma en que su pecho sube y baja como un fuelle.

—Cuidado, oso. Puedes tener el favor del rey, pero no eres rival para un vampiro.

—Eso es lo que piensas —murmuro y sacudo la cabeza cuando gruñe—. Sal de aquí, colmillos.

—¿Por qué tú...? —resopla.

Me muerdo el labio y le doy la espalda por un segundo antes de alejarme. El peor insulto para un vampiro es darle la espalda como si no fuera una amenaza. La mayoría de los cambiantes nunca lo harían.

No soy como la mayoría de los cambiantes. Los vampiros no tienen idea. Hablan mal y se burlan de mí, completamente despistados. No saben lo que soy ni de lo que soy capaz. Y cuando llegue el momento de cazarlos, no entenderán lo que estará sucediendo. No hasta que sea demasiado tarde.

Me dirijo de nuevo a la barra.

—El rey quiere verte —me dice el bartender y señala con la cabeza el trono en medio de la sala. Parece que Frangelico ha decidido honrarnos con su presencia. Giro y camino para ver al jefe.

El trono, que se eleva en una plataforma, es un trono medieval real, importado de Italia o algo así. El viejo terruño de Frangelico. Se puede sacar al vampiro de la Edad Media, pero no puedes sacar la Edad Media del vampiro.

Un joven camarero delgado con pantalones de esmoquin negro, gorro rojo, una gargantilla de terciopelo negro y nada más, me acompaña hasta el trono. Hace una reverencia para ofrecer su bandeja de bebidas. Frangelico extiende la mano más allá del trono y ojea entre los vasos, seleccionando uno y haciendo un gesto al camarero para que se retire. El camarero retrocede, todavía inclinándose.

Oh, por el amor del cielo. Pongo los ojos en blanco. Tanta pompa y circunstancia. Supongo que cuando se es prácticamente inmortal se tiene tiempo para disfrutar de toda la ceremonia que se quiera.

El camarero se da vuelta y se vuelve hacia mí. Su rostro palidece, su nuez de Adán se balancea debajo de su cuello. Las gargantillas de terciopelo negro son parte del uniforme aquí, pero mataría a cualquier vampiro que me hiciera llevar una. Soy un portero por contrato, no un maldito esclavo. Tal vez sea hora de recordárselo al rey.

Doy una vuelta alrededor del trono gigantesco de madera y me encuentro con la mirada divertida de Frangelico. Nada de acercarse sigilosamente al rey.

—Grizz. Muy amable de tu parte unirte a nosotros. —Hace un gesto con una mano y dos hombres con collares llegan con otra silla ornamentada para mí, más pequeña que el trono, por supuesto. Si me sentara en ella, mi cabeza quedaría medio metro más baja que el rey vampiro. Así que no me siento. En cambio, apoyo la bota en el asiento. Frangelico suspira.

—¿Debes poner los pies en los muebles? Estoy seguro de que podemos encontrarte un taburete si quieres. —Frangelico chasquea los dedos y hace un gesto a uno de los sirvientes. Agarro el hombro del asistente antes de que se arrodille en cuatro patas frente a mi silla.

—No —gruño—. Detente. Sabes que no me va esta mierda.

—Por supuesto. —Con un movimiento de los dedos del

rey, los hombres desaparecen. Frangelico se inclina hacia adelante—. Olvidé cuánto te disgustan nuestros jueguecitos de poder. Pero ¿de qué se trata el sexo sino de poder?

Sacudo la cabeza. No tengo tiempo para esto.

—¿Querías verme?

Frangelico se reclina en el asiento estudiándome. Aun con él sentado y yo de pie, todavía está un poco más alto. El vampiro es más grande de lo que cabría esperar, y a pesar de todo su palabrerío elegante, no es estúpido. El poder no es un juego para él. Es el único juego y él juega para ganar.

—Sí, claro, amigo mío.

Me estremezco. Joder, ¿somos amigos? Me contrató para que vigilara su club por la noche y algunas de sus operaciones. A cambio, me da lo que necesito para hacer lo que tengo que hacer.

—¿Te ofendes porque te llamo *amigo*? —pregunta el rey. No puedo esconderle nada a un maldito vampiro.

—No estoy aquí para trenzarte el pelo o usar pulseras o alguna mierda similar. Tú y yo tenemos un contrato.

—Sí —confirma el rey—. Pero seguramente podemos renegociar. Debe de haber otras necesidades que quisieras satisfacer. Deseos. Y seguramente podemos cumplirlos aquí, en este paraíso de placer. —Extiende sus manos para abarcar todo el club, luego hace un gesto y la rubia que vi anteriormente se coloca a mi lado, dirigiéndose hacia el amo vampiro. Por invitación de él, ella se sienta en el brazo del trono, inclinando su cuerpo para mostrarle mejor los pechos y los muslos. Frangelico desliza una mano por su pantorrilla flexionada—. Rodeado de tales delicias, seguramente te has tentado.

Ignoro a la rubia que me sonríe. Me asusta la forma en que Frangelico la trata como si fuese una trozo de carne. Supongo que para él, todos los humanos son comida.

—Sabes lo que quiero. Lo has sabido desde el principio.

—Ah, sí. —El largo dedo del vampiro golpetea la rodilla de la sumisa como si fuera parte del mobiliario—. ¿Estás más cerca de obtener lo que quieres?

—Juego a largo plazo. —Frangelico es la mejor oportunidad que tengo para conseguir lo que quiero. Si me lleva el resto de la vida, joder, que así sea.

—¿Así que juegas? —El dedo deja de golpetear.

Suspiro.

—¿De qué diablos se trata esto?

Frangelico libera a la rubia y la aleja.

—Me pregunto qué pasará si ninguno de nosotros obtiene lo que quiere.

Me encojo de hombros.

—Vamos por caminos separados. —No es que haya algo que me retenga en Tucson.

—¿Y si no quiero que te vayas?

—Sería desafortunado.

No miro al vampiro a los ojos, no soy un idiota, pero sí le dirijo una mirada fulminante a su barbilla. No he desafiado ni amenazado al rey todavía, pero capta el mensaje y suspira, acomodándose de nuevo en el trono. Su albornoz de terciopelo cae de un hombro y deja al descubierto sus poderosos músculos. Puede que actúe como un playboy perezoso, pero no se quedaría atrás en una pelea, incluso si no tuviese reflejos y superpoderes de vampiro.

—Así que ya ves por qué te llamé. Deseo explorar alternativas a nuestro acuerdo.

Joder.

—Solo hay una cosa que quiero —digo, y si Frangelico no puede dármela, no sé cómo voy a conseguirla.

—Seguramente hay algo más que quieras. O, tal vez, alguien.

La pelirroja. La imagen de ella aparece en mi cabeza antes de que pueda esfumarla. La dulce cara pecosa saludándome cuando llego a casa, buscando un beso.

Reprimo la fantasía.

—No. Nada. Te lo dije al principio. Es todo o nada. —Hace mucho tiempo fijé mi rumbo.

De pronto una mujer grita. Me pongo rígido pero no me doy vuelta. No me gusta que los sonidos del dolor de la gente se hayan convertido en rutina. Entonces un color castaño rojizo me llama la atención y me giro.

Benny tiene a la pelirroja, mi pelirroja, atada auna cuerda que baja del techo. Le marca la espalda con un látigo pesado y cada chasquido del cuero deja su impronta. Está desnuda, de puntillas en el suelo, y se retuerce para esquivar los golpes. Las tiras de cuero se envuelven alrededor de su cadera y sus senos se balancean. Grita y percibo miedo en el tono, no las notas más bajas del placer.

Antes de darme cuenta, llegué al otro lado de la habitación y frente al vampiro. El látigo yace roto en el suelo entre nosotros, en dos piezas.

Benedicto se sorprende antes de burlarse de mí. Cuando se vuelve hacia la pelirroja temblorosa, le pongo una mano en el brazo.

—No. No puedes hacerle daño.

—Tengo permiso —gruñe. Yo le devuelvo el gruñido, se aleja y termina al otro lado del club. Maldito cobarde.

Me vuelvo hacia la pelirroja solo para descubrir que otro vampiro ha tomado el lugar de Benny. Un vampiro alto con cara de patricio, el que le había estado dando órdenes a la pelirroja. No hay señales del sumiso anterior.

—¿Cuál es el significado de esto? —ladra mirándome por debajo de la nariz, a pesar de que soy casi de su altura—. Benedicto tenía mi permiso.

—Se acabó el espectáculo. Suéltala. Se terminó.

—Ella es mía, yo diré cuando haya terminado. —El vampiro da un paso hacia una mesa llena de implementos y yo le bloqueo.

—Llama a tu perro —le dice al rey.

Frangelico levanta una ceja. No se le da órdenes al rey.

—No soy un perro —gruño—. Soy un oso. —Mi oso pardo está a punto de estallar de mi piel y pelear en medio del club. Veremos qué tan resistente es realmente el mobiliario.

—Agustino —dice Frangelico con cierta desaprobación. Me tenso. Nunca le había visto antes, pero sé que Agustino es uno de los lugartenientes de Frangelico—. Tú sabes tan bien como yo, que no le doy órdenes a él. Por eso le contraté. Está aquí para asegurarse de que sigues las reglas. —Dicho eso, el rey vampiro se aleja despidiéndonos efectivamente.

El labio de Agustino se curva mostrando un colmillo.

—No rompí las reglas.

—Prestaste tu chica a un vampiro que le estaba haciendo daño. —A nuestro lado, la pelirroja gira lentamente con la cuerda alrededor de sus muñecas. Joder, ¿es bueno para su circulación? Las ronchas le estropean la piel, tan numerosas como las pecas. Algunas hasta muestran manchas de sangre. Benny verdaderamente la lastimó.

—Si ella hubiera querido parar, habría dicho su palabra de seguridad. —El vampiro hace un gesto de impaciencia y un camarero le ofrece una bebida. Agustino bebe con avidez, luego se limpia el agua de los labios. No le ofrece nada a la castigada sumisa.

La pelirroja quedó inerte, con los ojos entrecerrados. Miro su rostro y le levanto suavemente un párpado para comprobar sus pupilas dilatadas.

—Está demasiado ida para dar una palabra de seguridad. —Puede que no me gusten estas cosas, pero sé cómo funcionan las endorfinas. Azote tras azote va cayendo hasta que el sumiso está demasiado drogado para siquiera hablar.

—A ella le gusta. —El vampiro se acerca a una mesa y recoge una fusta de equitación. Me interpongo entre él y la pelirroja. Entre el vampiro y su presa. Probablemente sea la primera vez que alguien le dice que no a este vampiro.

Agustino parece sorprendido.

—Dije que terminaras.

—Muy bien. Es hora de comer, de todos modos. —Con un chasquido de dedos, ordena a otro sirviente del club que se acerque y afloje la cuerda alrededor de las muñecas de la joven.

La pelirroja se desploma y una cascada de cabello rojizo cae sobre su cara pecosa. La cabeza rueda sobre su cuello, totalmente feliz de endorfinas. Sangre dulce. Es una víctima sumisa y dispuesta para un vampiro.

No es asunto mío. No debería involucrarme. Pero los labios de la pelirroja se separan y ella se vuelve hacia mí, capto su olor...

De repente sé por qué me llamó la atención.

Me inclino hacia adelante. Es una cambiante. No una loba o una osa, sino algo cercano. Una zorra, tal vez, lo cual encajaría con su pelo rojo. Miro entre sus muslos, donde está mayormente afeitada, salvo por un pequeño parche de vello. Pelirroja natural. Definitivamente es una zorra.

¿Cómo no noté a su animal antes? Probablemente porque es tímida, sumisa. Además están todos los olores empalagosos de los vampiros del club. Los animales presa no se dan a conocer como dominantes. Y esta es absolutamente dulce. Mi oso lucha para estallar y llevarla a un lugar seguro y oscuro donde pueda protegerla.

Mis instintos me dan guerra un momento pero tengo

que recordar por qué estoy aquí. Trago saliva, doy un paso atrás y actúo desinteresadamente, como un portero más preocupado por la reputación del club que por proteger a una sumisa con sangre dulce y dispuesta .

—¿Frangelico sabe que te estás dando un festín con una cambiante?

—Ella me pertenece.

—Los cambiantes no pertenecen a los vampiros.

—Dice el oso guardián del rey.

Técnicamente, el rey vampiro y yo tenemos una sociedad, pero no corrijo al vampiro.

Con una sonrisa malvada, Agustino chasquea los dedos. Un minuto después, los sirvientes del club le han proporcionado un asiento y le han entregado la sumisa. La mueve en sus brazos y casi tiernamente le acomoda el cuerpo flácido mientras observo. Aprieto los puños cuando los dedos de Agustino se meten en el cabello castaño rojizo y tira la cabeza de ella hacia atrás para despejarle el cuello. Sin ceremonia ni gentileza, la ataca como una víbora, clavándole los colmillos. El cuerpo de la mujer convulsiona pero la expresión dichosa de su rostro se transforma en éxtasis.

Al diablo con esto. Giro y me vuelvo de nuevo al trono en el centro de la sala.

—Podemos hacer que a ellas les guste, ya sabes —acota Frangelico sosteniendo una copa llena de un líquido rojo. Un buen espectáculo, pero es solo vino.

Un grito ahogado me hace girar de nuevo. La pelirroja se agita en los brazos de su amo vampiro, el éxtasis se convierte en angustia. Agustino me lanza una mirada desagradable, haciendo que a ella le duela a propósito. Las manos de la pelirroja le golpean el traje. Su sangre manchan la piel pálida y el cuello de la camisa de él. Está haciendo un desastre.

Los gritos se agudizan cada vez más frenéticos.

—Déjala en paz —espeto.

—Agustino —dice Frangelico suavemente antes de que pueda volver allí. El vampiro más joven se vuelve con un gruñido, pero baja la mirada—. ¡Basta! —ordena el rey, y Agustino inclina la cabeza, le hace un gesto a un empleado del club para que se lleve a la pelirroja—. No puedes salvarlos a todos del sadismo —murmura Frangelico mientras veo a la pelirroja desaparecer detrás de una cortina de una alcoba privada.

Está a salvo de momento. Durante la próxima hora, la envolverán en una manta, le darán zumo de naranja y chocolates y cualquier otra cosa que necesite para recuperarse. Por un instante, juego con la idea de apartar la cortina, echar a la empleada del club y cuidarla yo mismo. Rechazo el pensamiento tan pronto como surge. La pelirroja es linda, pero no es asunto mío. Mi oso brama en señal de protesta.

Cuando me doy la vuelta, el rey vampiro me observa atentamente. Sacudo la cabeza.

—No las voy a salvar. Como dijiste, les gusta.

El rey me mira por encima de los dedos empinados.

—Este club satisface todo tipo de deseos. Algunos desean placer mezclado con dolor. Tenemos una palabra para ellos. Sangre dulce.

—Sí, lo sé. —Los vampiros aman a los masoquistas, porque el dolor libera endorfinas que provocan que la sangre tenga un sabor más dulce. Estoy a punto de decirle a Frangelico dónde puede meterse su sadismo, cuando un nuevo aroma penetra mi nariz, el de una loba.

—Frangelico —dice una voz femenina.

Una loba vestida de cuero avanza seguida de un enorme lobo con una ceja con piercing. Son Sheridan y Trey. Le presto toda mi atención a Trey. Él y yo no nos llevamos bien.

Solía ser portero en su club de lucha, pero cuando se enteró de que también trabajaba aquí, se fue todo al diablo enseguida.

Tan pronto como Trey me ve, muestra los dientes. Su mujer le pone una mano en el brazo y le murmura:

—Compórtate.

—Ah, mi querida Sheridan —ronronea Frangelico—. Qué amable de tu parte venir con tu guardia de los lobos.

—Es mi compañero —corrige. Se lleva la mano automáticamente al hombro, cubriendo la mordida donde Trey debe de haberla marcado. Joder, ¿ella y Trey se aparearon? Abro la boca para felicitarlos. Trey me mira. Después de lo que hice, no aceptará nada de mí. Entonces cierro la boca.

—¿Qué te trae a nuestro pequeño club? —Frangelico pregunta—. ¿Negocios o placer?

—Negocios —responde Sheridan, aunque lanza una mirada anhelante al club. No entiendo la atracción de este lugar, pero no es asunto mío.

—Ven, entonces. —Frangelico hace un gesto para que traigan más sillas. Los camareros aparecen y ofrecen bebidas.

—Estamos aquí porque hemos escuchado rumores. Los cambiantes están desapareciendo en esta área.

—¿Lobos?

—No lobos. Otros tipos de cambiantes. Los que no tienen la protección de una manada.

—¿Qué tipo de cambiantes podrían ser? Perdóname, no estoy tan versado en el reino animal como debería —agrega Frangelico. Miente, por supuesto. Hace que su negocio sea saberlo todo.

Sheridan traga saliva mirando a Trey, quien asiente con la cabeza.

—Algunos felinos solitarios que no tienen un clan: un

leopardo, un tigre. Pero también cambiantes más raros: búhos, cuervos, águilas.

—¿En serio? ¿Hay pájaros cambiantes? —Frangelico disimula muy bien. Ni siquiera yo puedo oler nada más que su interés.

Sheridan asiente.

—Se mantienen callados porque no son tantos como los lobos o los grandes felinos. Eso, y porque son animales de presa.

—¿Y alguien los está secuestrando? ¿No sucedió antes, cuando una empresa capturaba cambiantes para experimentos?

—Esa compañía ha desaparecido. Destruimos sus instalaciones, aniquilamos a las personas que estaban a cargo. Sin embargo, todavía hay un mercado negro para los cambiantes secuestrados, y creemos que los esclavistas de metamorfos han encontrado nuevos clientes. Vampiros.

Los largos dedos de Frangelico se entrecruzan. No se mueve cuando Sheridan suelta esta bomba. En cambio, espera un momento como si se asegurara de que ha terminado de hablar, luego se inmuta.

—¿Y qué querrían los vampiros con los cambiantes secuestrados?

—No lo sabemos. Por eso estamos aquí. —Antes de que Sheridan pueda continuar, su compañero alto, tatuado e intuitivo, da un paso adelante.

—Sería prudente que lo investigaras, a menos que quieras que la manada llame a tu puerta —acota Trey. Sheridan lo agarra del brazo de nuevo.

—Lo que mi compañero quiere decir —dice con una sonrisa— es que, dada la alianza de la manada de Tucson contigo y tus vampiros, sería prudente unir fuerzas para investigar las desapariciones de cambiantes. Para mantener la paz.

—Por supuesto. —Frangelico echa un vistazo a Trey, luego se vuelve hacia Sheridan—. Tienes un don para la diplomacia, querida —le dice Frangelico.

—Gracias —responde ella cortésmente—. Pero no soy tu querida.

Frangelico ignora su gruñido.

—Nosotros lo investigaremos. —Me mira. Asiento. Por *nosotros* el rey quiere decir que yo me ocuparé. Y estoy de acuerdo con atrapar vampiros que hayan comprado cambiantes secuestrados. Sé exactamente por dónde empezaré: Agustino y la pelirroja.

—Problema resuelto —anuncia Frangelico—. Ahora que este asunto ha concluido, puedes hacer uso de mi club. ¿Te quedarás a la escena de esta noche?

Sheridan vacila y su mirada se lanza alrededor del club escasamente iluminado con un interés mal disimulado.

—Sí. —Trey se interpone entre ella y el rey vampiro—. Siempre y cuando todos mantengan su comportamiento.

—Estoy seguro de que mis vampiros lo harán —ofrece Frangelico con un destello de colmillos.

—¿Y tus cambiantes mascotas? —Trey me mira.

—No tengo cambiantes como mascotas. Solo amigos y... compañeros de juego —aclara Frangelico.

—¿Qué es él? —Trey pregunta todavía mirándome.

—Un socio empresarial —ofrezco.

—Estoy seguro de que Grizz también respetará las reglas del club y de todos sus miembros. —Frangelico levanta una ceja hacia mí.

Alzo las manos.

—No tuve problemas con estos lobos —añado. La última vez que lo comprobé, no tuve ningún problema con ellos. No es mi culpa que los lobos tengan un problema conmigo.

—Bien. —Frangelico da un chasquido con sus palmas y Sheridan se sobresalta. Trey le pone las manos en los hombros, estabilizándola, luego se inclina y le susurra algo al oído. Ella se ruboriza. Trey la gira y le da un leve empujón hacia una mesa libre. La ve pavonearse y tengo que admitir que si tuviera una compañera tan buena como Sheridan, también la observaría ir y venir el mayor tiempo posible.

Con los ojos entrecerrados, Trey se vuelve hacia mí y Frangelico.

—Ey, Grizz —su voz transmite amargura—. ¿Todavía luchas los viernes?

—La última vez que me fijé, todavía estaba en el programa. —Dejé de trabajar en el club de lucha como portero hace unas semanas, pero el combate beneficia a mi oso.

—Bien. —Trey muestra los dientes con una sonrisa macabra—. Tenemos un invitado especial listo para luchar contigo. Prepárate.

Le veo alejarse a grandes zancadas. Es un lobo inmenso y feroz, pero no tan peligroso como yo. Al menos cuando está solo, de todos modos, pero los lobos nunca están solos. Esa es siempre su ventaja. La fuerza de la manada.

—Si es todo, me iré —le digo a Frangelico.

Él asiente.

—Estás fuera de servicio el resto de la noche. Pídele a Pedro que llame a un reemplazo. Mientras tanto, haré la ronda.

—De acuerdo. —Es hora de ir a la caza.

Me dirijo a la cuerda donde Agustino ató su cambiante sumisa, donde quedó la túnica blanca que ella llevaba yaciendo arrugada en el suelo. La recojo y le doy un buen olfateo. El aroma es especiado con un fondo floral. Zorra. Definitivamente. Si no puedo rastrear al vampiro por su olor, al menos puedo encontrar a la zorra.

Con unas pocas preguntas discretas más tarde, me entero de que la pelirroja se marchó con Agustino. Le llamaba *amo*. No estoy seguro de si eso significa que es su dueño o si es solo un juego, pero planeo averiguarlo. Puedo obtener su dirección de los registros que guarda Frangelico, pues soy una de las pocas personas a las que le da acceso. Sabe que nunca le traicionaré. Le necesito demasiado.

A mitad de camino de las escaleras hacia el piso principal, hago una pausa y observo el vasto club. Trey y Sheridan ya han reclamado una mesa bajo uno de los focos. Trey ha abierto una bolsa de lona negra y se coloca implementos. Sheridan, de pie junto a él, con la piel desnuda brillante en un elegante arnés de cuero, se balancea con un poco de excitación.

Trey termina y se vuelve hacia ella. Chasquea los dedos y ella cae de rodillas mirando a su compañero. No necesito ver su rostro para saber que sus ojos resplandecen. La cara de Trey se enternece cuando la mira. Otra pareja que se roba un momento antes de participar en la complicada danza de apareamiento de la sumisión y el dominio. Lo he visto un millón de veces antes, pero de alguna manera no es tan grotesco en los cambiantes. Igualmente, todavía no significa que lo entienda.

Subo el resto de las escaleras y empujo la puerta con el puño para escapar.

Capítulo Dos

Grizz

Agustino vive en un barrio elegante en Oro Valley frente a la cordillera Catalina. Aparco mi moto, trepo la pared y escudriño el patio trasero. Piscina enorme, patio de lujo. Pero más allá de una barra de piedra, parrilla y muebles de terraza, hay una puerta normal. Será bastante fácil patearla.

Me tomo un momento para escabullirme entre las cámaras. No hay focos en el césped, pues los vampiros pueden ver en la oscuridad. Afortunadamente, también podemos hacerlo los cambiantes. Me escondo en los arbustos y espero.

Los vampiros son más fuertes por la noche y me parece que son un poco lentos cuando se acerca el amanecer. No es el caso de Frangelico, que es lo bastante mayor para poder permanecer despierto hasta el primer rayo del alba. Pero incluso los más viejos están bien adentro la hora previa al amanecer.

Así que me agacho hasta que una luz tenue comienza a romper en el cielo más allá de las montañas. Después de beber un trago de mi petaca, me dirijo a la puerta trasera y entro. No está cerrada con cerrojo, pues habría que estar loco para robarle a un vampiro. La mayoría guarda todos sus artilugios de defensa y trampas explosivas para sus guaridas, por eso quiero pillar a Agustino aquí, despierto. No se lo espera. Después de una vida de cazar vampiros, sé lo que los derriba. La arrogancia. Son los mayores y más malos depredadores de la Tierra, y lo saben. No se dan cuenta de ello, hasta que les caigo encima con una estaca.

Por supuesto, no tengo órdenes de matar a Agustino, solo de interrogarle. Podría vivir si a Frangelico le gustaran sus respuestas. Odia matar a sus vástagos porque, según él, es difícil crear nuevos.

La casa está fresca, limpia y con perfume de limón. Busco en las habitaciones, pero están sin uso; todas perfectamente decoradas con olor a vacío. Cuando abro la nevera, encuentro unos cuantos decantadores de sangre y una botella de vino a medio beber, nada más.

El vampiro no está aquí. Probablemente duerma en otro lugar. A menos que quiera atraparle de fiesta o completamente despierto, esto es un callejón sin salida. No es que esperara que fuera fácil.

Al lado de la nevera hay una bolsa de comida para perros de un tipo caro: carne de animales de pastoreo o algo así. Me tomo un momento y sintonizo el aroma debajo del olor frío y pedregoso del vampiro. Ahí es cuando distingo el almizcle familiar.

Un perro. O algo parecido. No es un lobo.

Con la piel erizada, me dirijo a la despensa revestida de azulejos. En la esquina, hay una colorida manta mexicana que cubre una gran estructura. Una jaula.

El oso monstruoso comienza a retumbar en mi pecho. No es un gruñido, sino un sonido bajo y relajante.

Cuando levanto el sarape, ahí está mi pequeña zorra desplomada, todavía en forma humana. Desnuda salvo por el collar blanco. Está temblando.

Mi oso ruge más fuerte.

Al abrir la jaula, se estremece al oír el rechinar del metal, pero sus ojos permanecen bien cerrados y su cuerpo se contrae hasta la postura más pequeña posible. Todavía hay algunas marcas en la pálida piel, aunque la mayoría se ha desvanecido. Gracias al cielo, es una cambiante, no una humana. El dominante realmente le dio una paliza si todavía se esté curando. Y luego la dejó en una jaula.

Mi cuerpo se estremece con el gruñido del oso. Saco de un tirón la manta de la jaula y la cubro con ella.

—¿Amo? —pregunta con el más leve de los susurros. Su voz temblorosa me llega como un contacto. Joder, me puse duro.

—No soy tu amo —le respondo bruscamente, tan enfadado que mi oso está listo para salirse de mi piel y destrozar esta mansión, habitación por habitación. ¿Qué clase de imbécil deja a su sumisa sola? ¿No únicamente sola, sino *temblando en una jaula*? ¿Con nada más que *comida para perros* para alimentarla?

—Ven aquí —ordeno. Responde al instante, arrastrándose a gatas.

—Más cerca —animo antes de que pueda pensar en lo que hago—. Ven a mí. Todo el camino. Fuera de la jaula.

Con los ojos aún cerrados, se arrastra fuera de la jaula directamente a mis brazos.

—Eso es. —Automáticamente la acuno. Tan pronto como su pequeño cuerpo se acurruca en mi pecho, el comentario furioso de mi oso se convierte en una nota grave. Está ronroneando. No sabía que pudiera hacerlo.

La mujer se frota la cara contra mi camiseta, acurrucándose. Todavía en piloto automático, le apoyo una palma en la cabeza, guiándola a establecerse.

Con un suspiro, la pequeña sumisa se relaja.

—Buena chica —murmuro. Las palabras están justo ahí en la punta de mi lengua. He visto suficientes escenas en el club para saber qué decir, pero las pronuncio fácilmente, sin pensar. Su respiración se ralentiza, su boca se vuelve laxa. Con sus ojos todavía cerrados, no sé el momento exacto en que se queda dormida.

Todo lo que sé es que estoy dentro de una mansión en la que irrumpí, con los brazos llenos de la mascota de un vampiro y no puedo soltarla. Por primera vez en mucho tiempo, mi oso ha encontrado a alguien a quien abrazar.

* * *

Jordy

El estruendo en mis oídos llena mi mundo, el aire frío me golpea la cara y luego alguien me mete en un asiento y me abrocha un cinturón de seguridad. Dos puertas se cierran, una tras otra, y una gran presencia ocupa el espacio a mi lado.

Digo la primera palabra que suele estar en mis labios.
—¿Amo?

—No soy tu amo —gruñe la voz y abro de golpe los ojos.

Una cara con cicatrices me saluda. Me fulmina con la mirada y bajo los ojos.

—Lo siento.

—No te disculpes —espeta y yo agacho la cabeza—. No, joder, no hagas eso.

Le miro.

Se frota el pecho.

—Estás bien. Estás a salvo conmigo. —Pone la camioneta en marcha y arranca desde la acera.

Arrastro los dedos hacia arriba buscando mi collar. Sigue abrochado alrededor del cuello. Suspiro, hundiéndome aún más en el asiento del pasajero.

Hago lo que mejor que se me da y permanezco mansa y callada durante los primeros minutos del trayecto. Debería estar frenética por salir del vecindario de mi amo con un extraño cambiante. Un metamorfo enorme y furioso que no ha dejado de gruñir desde que abrió la jaula, me tomó en sus brazos y me llevó de la casa a la camioneta.

El tiempo pasa volando antes de que tenga el coraje de hablarle.

—¿Estás bien?

—¿Qué? —Parece sorprendido.

Me encojo más en mi asiento.

—Estás gruñendo.

Él hace una mueca y se frota el pecho.

—Sí. A mi oso no le gustó cómo te tenía.

Casi le doy la razón en voz alta, pero una punzada de culpabilidad me impide hablar en contra de mi amo.

—¿Mi amo te envió a buscarme?

El grandullón mira hacia otro lado y sé su respuesta antes de que me la diga.

—No.

Pienso en la respuesta durante los próximos kilómetros. Me encuentro bastante tranquila, considerando toda la situación. Pero siempre me he dejado llevar por los golpes de la vida. Cuando se es una sumisa cambiante, no hay mucho más que se pueda hacer. El mundo es grande y aterrador; y a la animal que llevo dentro de mí le gusta esconderse.

Ahora está alerta, evaluando nuestro entorno sin el miedo habitual. La camioneta es grande y potente, no huele como el gran oso metamorfo que va a mi lado.

—Es una buena camioneta —le digo.

—No es mía —suelta. Después de cambiar de carril, prosigue—. La robé. Solo tenía mi moto y no quería despertarte.

Miro por la ventana las señales de salida de la autopista que pasan volando.

—¿A dónde me llevas?

—A algún lugar seguro.

Seguro. La palabra mágica. Mi zorra se relaja. No se retira del todo, pero me invade una somnolencia feliz que rara vez siento y siempre busco. Mi zorra suele vivir en un alerta tan alta en busca de depredadores que necesita el dolor controlado para calmarse y dejarme dormir. Incluso en su subespacio, observa y llora en silencio, llena de decepción por un amo que no aparece. Un buen amo. Alguien que nos proteja y nos mantenga a salvo.

El sol que se eleva por encima de las montañas significa que ha amanecido.

—¿Cuánto tiempo dormí?

—Vaya si lo sabré —suena enfadado, pero mi zorra sintoniza con el fuerte estruendo de su pecho y sabe que la ira no se dirige a ella—. Llegué y estabas sola. ¿Por qué coño te dejó tu amo después de una escena? ¿No solamente sola, sino en una maldita jaula?

—A mi zorra no siempre le va bien cuando duermo. Está asustada. —Zorra asustadiza, la llamo.

—No perteneces a una maldita jaula —dice el macho, mezclando su voz con el gruñido casi ininteligible de su oso.

Inclino la cabeza y el retumbar de su pecho disminuye.

—No quise asustarte —agrega echándome un vistazo.

Distingo ojos marrones dorados, el oso hace notar su presencia.

—No me asustas —le aseguro cuando siento el corazón ligero, libre, y me doy cuenta de que es verdad.

—Toma. —El oso me da una botella de agua—. Necesitas beber algo.

Reconozco la botella como una de las lujosas aguas importadas de Agustino. Mi amo vampiro no desperdiciaría algo tan elegante en mí. No sé si puedo decírselo al oso.

Con un gruñido, me acerca el agua y no protesto. Estoy muerta de sed. El agua es fresca, casi dulce, y me bajo toda la botella.

—No debería haberte dejado —insiste el grandullón y me muerdo el labio estudiándole por el rabillo del ojo para que no se dé cuenta. Es un tipo inmenso con la cara maltrecha por cicatrices como nunca antes he visto en un cambiante. Tiene un olor poderoso y dominante, una señal de que su oso está cerca de la superficie y es súper mandón.

A pesar de la tensión en su cuerpo gigantesco, huele... a seguridad. Mi zorra cata el olor, lo saborea. O no tiene la menor idea y lo interpreta como alguien que nos protegerá. Realmente espero que sea lo último.

—¿Es por eso que me sacaste de allí? —Me aventuro—. ¿Porque estaba en la jaula?

Él mira la carretera. Los ojos amarillos ahora brillan en sintonía con su oso.

—Te llevaré a algún lugar para limpiarte, dejarte sanar y descansar.

Trago saliva. Agustino no estará contento. Tendré suerte si no me culpa o descarga su disgusto en mi trasero.

Mi captor me echa una mirada aguda como si conociera mis pensamientos.

—¿Conoces a Frangelico?

—Sí —susurro, encogiéndome en mi asiento ante el nombre del rey vampiro.

—Trabajo con él. Quiere que espíe a tu amo.

Esa aclaración no me tranquiliza ni un poco, pero sé que es mejor no preguntar sobre asuntos de vampiros.

—¿Te refieres a *él*? ¿Trabajas *para* el rey vampiro?

—Es lo que dije.

—Dijiste *con*. —Como si estuvieran en igualdad.

—*Para, con,* ¿qué diablos hace la diferencia? —Se encoge de hombros. Debería estar asustada por haberle molestado pero en cambio quiero reírme. Agacho la cabeza para ocultar la sonrisa detrás de la fina capa caída de mi cabello.

Si se ha dado cuenta, no hace comentarios al respecto. En cambio, me pasa una gran mano por el pelo. Me quedo quieta y dejo que me acaricie.

—Rojo —dice.

—¿Qué? —Nunca cuestiono a los dominantes pero no puedo evitarlo. Su tono fue grave y gruñón, con algo más. Como reverencia. O anhelo.

No explica el comentario "rojo". En vez, dice:

—Te vi anoche.

—Oh. —Revuelvo en mi memoria los sucesos de la última noche. Mi zorra amablemente me suministra la información: una silueta oscura y dorada anda lejos del centro de atención, esperando en las sombras. Una presencia grande y fuerte. Segura—. Te recuerdo. O al menos, mi zorra lo hace. Le agradas.

Algo en sus hombros se relaja.

—Bien. Me alegro.

Quiero preguntarle adónde vamos pero bostezo.

—Duerme, zorrita —dice. Me encanta que me llame por el nombre de una zorra bebé. Me hace sentir mimada.

Además, hay una impronta dominante en su voz que es imposible de desobedecerle, incluso si quisiera.

—Vale. —Me acurruco en el asiento. Lo último que veo es su gran mano cuando revisa las rejillas de calefacción para asegurarse de que esté encendida y las dirige hacia mí, luego me acomoda la manta a mi alrededor.

—Gracias —murmuro.

Su oso retumba de nuevo. *Duérmete*, dice. *Voy a cuidar de ti. Solo relájate y déjate llevar.*

Así que lo hago.

* * *

Grizz

Vaya estúpido. Tan jodidamente estúpido.

No me dedico al negocio de cobrar pasivos. Soy un cazador. Aprendí mis lecciones de joven. Un cazador nunca deja huellas; menos si caza a un depredador, y yo cazo a los depredadores más peligrosos que existen.

Pero en el momento en que ella se arrastró de la jaula a mis brazos se volvió demasiado importante para dejarla atrás. Además, es mi mejor vínculo con Agustino. Al menos es lo que me digo a mí mismo, aunque no sé cómo voy a atrapar a un vampiro cuando tengo que cuidar de su mascota. Definitivamente no estaba pensando cuando me la traje de la casa del vampiro. No con la cabeza.

Cuando la manta se le desliza del hombro, no puedo concentrarme y me pregunto cómo se sentiría esa tersa piel bajo de mis labios. Apuesto a que es malditamente suave y la rozo con los nudillos.

Joder, ¡está helada! Vuelvo a taparla con la manta. La

calefacción funciona al máximo en la cabina pero el cuerpo de la pobre hembra es pequeño y frágil. Maldito vampiro encerrándola así. Es demasiado delicada para soportar ese tipo de negligencia. Demasiado pálida, demasiado delgada.

Mientras jugueteo con la manta como una niña con su muñeca, la camioneta se sale de carril y se cruza con un camión de dieciocho ruedas. El conductor toca el claxon y contengo un rugido. No quiero despertar a mi bella durmiente. En cambio, miro al conductor con ojos de oso demente.

Cielos, la zorrita ni siquiera está despierta y el oso lucha para protegerla. Si sigo así,va a pensarse que soy su caballero de brillante armadura. Sería un error. No soy el héroe de nadie.

No me siento tranquilo hasta que lleguemos a mi escondite, donde mi guarida se oculta en la ladera de una montaña. Nada lujosa, pues es uno de esos lugares estilo búnker nuclear, excepto que el lado que sobresale de la colina tiene algunas ventanas. No duermo expuesto. Es demasiado peligroso. Lo aprendí por las malas hace un par de cacerías.

Cuando abro la puerta de la camioneta, la zorrita no se mueve. El trayecto hasta la casa es fácil con un bulto tan ligero. Una vez que la dejo en mi dormitorio, mi oso finalmente se relaja al verla bien arropada en la oscura y cálida cueva de mi cama. Ella se acurruca como si estuviera en forma animal, con un puño apoyado en los labios. No dormía tan profundamente cuando abrí la jaula, pero entonces recuerdo que le di una orden. Una orden dominante, sin querer. Estoy tan acostumbrado a ser el alfa más grande y más maligno entre otros depredadores dominantes, que olvidé moderar mi poder. Y ella se tomó mi orden a pecho, como una buena sumisa.

¿Qué necesitará cuando se despierte?

Vuelvo a la cocina. En mi última compra, traje un par de botellas de zumo de naranja, pues debí de haber intentado parecer normal y agregué algunos artículos básicos a mi carrito lleno de carne. Realmente no bebo esas cosas.

Unos minutos más tarde, dejo un vaso de zumo esperando en la mesita para cuando mi invitada se despierte. Desenrosco dos de las tres bombillas de mi lámpara de noche y la enciendo. Una especie de luz tenue improvisada, por si despierta y se asusta.

Me paro a los pies de la cama para mirarla dormir, apenas atreviéndome a respirar. Su cabello rojo se abre en abanico sobre la almohada, las pestañas cobrizas descansan sobre su piel de porcelana. La hermosa zorra se ve bien en mi cama. Se siente bien. Su naricilla se contrae. Un dedo del pie se asoma y desplaza la manta. Inmediatamente, coloco el edredón más firme alrededor de ella.

Joder. Estoy tan jodido.

Me voy de allí antes de pasarme media hora sentado a su lado, observándola dormir. Sabía que mi oso se enamoraría de una chica algún día. Nunca pensé que sería tan malo.

De vuelta en la cocina, saco un par de paquetes de carne del congelador para que estén listos para el desayuno. O al ritmo que duerme, para el almuerzo. No me preocupo, me hace bien verla descansar así.

Podría dormir un poco, en un minuto voy a volver a meterme allí y unirme a ella, pero primero tengo que atar algunos cabos sueltos. Saco mi teléfono desechable y marco un número memorizado.

—Por Dios, Grizz, no son ni las siete de la mañana. —El acento alegre del irlandés tiene una amenaza asesina.

Miro el reloj.

—Siete no es tan temprano.

—Lo es si te fuiste a la cama hace tres horas. Tuvimos una pelea anoche. Nix the Kid contra ese gran gorila magullador. No tan bueno como tú, pero aún así, fueron doce rondas...

Me aclaro la garganta como una señal de interrupción. Declan no para de hablar cuando está nervioso, y su acento se vuelve tan marcado que no puedo entenderlo de todos modos.

—Tengo trabajo para ti.

—¿Qué soy yo, un manitas?

—Un favor entonces.

El irlandés suspira.

—Está bien entonces. —Me debe más que unos pocos.

—Estaba en un trabajo esta mañana, y tuve que guardar mi moto y "tomar prestada" una camioneta. Necesito que recojas mi moto.

—Déjame adivinar, tomaremos la camioneta a cambio.

—Le pondré placa nueva. Puedes quitársela antes de dejársela a la policía.

—Lo sé, lo sé, este no es mi primer rodeo. ¿Qué tan pronto necesitas que se haga?

Echo otra mirada al reloj para calcular el tiempo de sueño, la hora de levantarse, hacer el desayuno.

—Cuatro y media. Club de lucha.

Declan suspira.

—¿Es prudente? Se dice por ahí que los lobos te consideran su enemigo.

Los lobos. Tarde o temprano voy a tener que lidiar con ellos.

—No lo soy. No, a menos que hagan uno de mí. Y no quieren hacer eso. —Trey podría, pero su alfa, Garrett, es más inteligente.

—Dicen que estás trabajando para los vampiros. No cualquier vampiro. El rey de los vampiros.

Gruño como respuesta. No me gusta que la gente conozca mi negocio.

—¿Es verdad? ¿Eres empleado del rey?

—El rey y yo tenemos un arreglo —le digo. No sé por qué no le respondo. Pero necesito a Declan como aliado.

—A los lobos no les gusta —continúa Declan sermoneándome sobre la política de vampiros y cambiantes—. El acuerdo todavía es reciente, pero algunos cambiantes creen que has elegido un bando. Y cualquiera que se ponga de acuerdo con los vampiros no es de fiar...

—¿Nos encontraremos en el club de lucha o no?

Silencio.

—Declan...

—Claro, seguro. Te veré entonces.

Vuelvo a gruñir y cuelgo. Me dirijo a la puerta para cerrarla bien y revisar el sistema de seguridad. Los vampiros no cazan durante el día, pero tienen dinero; el dinero compra lacayos. Cuando estoy seguro de que todo esté bien cerrado, voy a la cama. El día se perfila intenso, incluso sin lidiar con este rescate. Pensar en Jordy me enternece. Me acerco despacio para no despertarla. No voy a tocarla, solo voy a tumbarme a su lado.

Pero cuando llego a mi dormitorio, las mantas yacen en el suelo. El vaso de zumo está vacío, como mi cama. Mi zorra se ha ido.

Capítulo Tres

Jordy

Conteniendo la respiración, me agacho detrás de la camioneta azul. Cuando me desperté, estaba tan desorientada que pensé que me había arrastrado fuera de mi jaula y me había tumbado en una cama de la casa de mi amo. Me levanté y salí de las sábanas como si me quemaran. No sé qué haría Agustino si me pillara dándome lujos que él no provee. No es malo en lo que respecta a los amos, pero definitivamente le gusta el control total.

El gran macho que me trajo aquí, por otro lado... no sé lo que quiere. Primero le vi en el club. Y más tarde, en la casa, dando pasos que se acercaban lentamente mientras yo temblaba en la jaula. El calor de su ira se apoderó de mí, mi zorra reaccionó de la manera opuesta a la que suele enfrentarse a otros dominantes enfadados. Sumisa, no temerosa, pero libre y a gusto, como si la ira del macho fuera una guarida cálida en la que pudiera acurrucarme y esconderme.

Entonces me desperté en su guarida. El amo Agustino me compartiría con otros, me enviaría como un paquete para pasar la noche con alguien a quien quisiera recompensar, pero todas esas veces fueron con vampiros. Incluso la vez en que...

"No pienses en eso", me digo.

El amo Agustino nunca me ha prestado a un metamorfo. Hasta donde sé, los desprecia, a pesar de que posee a una como su sumisa. No debería estar aquí. Cuanto más tiempo me quede, más furioso se pondrá mi amo. Tengo que irme, no importa lo bien que me haga sentir el oso.

No me preocupa el castigo a manos de mi maestro ahora. Me preocupa mi vida. Agustino es de temer, especialmente cuando cree que ha sido traicionado.

Y luego está el asunto que el gran oso mencionó por teléfono un segundo antes de que me escabullera a hurtadillas: *el rey y yo tenemos un arreglo*. Esa debería ser razón suficiente para irme. Ningún cambiante se enreda con un vampiro y gana, pero este tipo suena como si hubiera llegado a un acuerdo con uno. Si alguna vez hubo una señal de que debía escapar, es esa. No puedo involucrarme en guerras territoriales de vampiros. A mi amo no le gustará. Tengo que volver a él y explicarle lo sucedido. No estoy segura de lo que pasó, pero tal vez en mi camino de regreso puedo pensar en algo.

Miro por encima de la caja de la camioneta hacia la casa que parece una caja alargada, donde una mitad quedó atrapada en la montaña, oscura como un sótano, y la otra mitad sobresale de la superficie rocosa roja, donde están la cocina y la gran sala de estar con ventanales inmensos y una vista impresionante. Mucha luz. Me di cuenta cuando me iba. Así fue como pensé que se trataba de una guarida.

Mi zorra vacila.

Solo tengo que avanzar por el largo camino, excepto que sería la ruta de escape más obvia. Tal vez pueda bajar por la montaña. Voy al borde y miro por encima de toda la piedra roja. Mi zorra podría pasar perfectamente desapercibida.

Doy un paso y una gran mano se cierra en mi nuca.

—¡Te tengo! —gruñe el oso. Se mueve silenciosamente para ser tan grandullón.

Mi cuerpo da una sacudida, mis pies se tambalean inútilmente. El grandullón me gira hacia él, sujetándome contra su duro cuerpo y me quedo inerte. No hay la lucha, la sumisión está tan programada en mí que apenas sé cómo resistirme. Pero a decir verdad, me alivia que me haya atrapado. Prefiero que me esclavice este oso pardo antes que alguien frío y punitivo como Agustino. No es que piense que el oso me va a esclavizar. Hay demasiada bondad en él para el caso. Él cree que me protege y me ayuda. Simplemente no sabe cuán despiadado puede ser Agustino, ni lo que hará cuando me tenga de vuelta.

—Basta. —Su voz grave y deliciosa retumba en mis oídos —. No huyas. No de mí.

Me carga sobre su hombro y permanezco inerte con los brazos colgando hacia abajo mientras se aleja del borde del mirador dando zancadas. Mis ojos quedan a la altura de su trasero, y vaya que es bonito. Probablemente no debería fijarme en mi captor, pero su trasero y sus muslos resaltan perfectamente en sus vaqueros rotos.

Me lleva a través del aparcamiento, más allá de la gran camioneta brillante, hacia su casa.

—Es inútil que trates de escapar. Vas a estar conmigo un tiempo.

Vale, tal vez ahora sea su esclava. Eso no debería excitarme tanto.

Espero que me tire al suelo y me castigue, pero no lo hace. En cambio, camina por un pasillo y se detiene un momento. Con un golpe sordo, sus botas caen al suelo. Se ha tomado la molestia de quitárselas. Se dirige a la habitación donde me desperté y me tumba en la cama.

Se va un momento y me quedo tumbada, parpadeando ante el techo bajo. Me doy cuenta de que estoy jugando con mi collar y bajo la mano.

Tras unos minutos, regresa y cierra la puerta para encerrarnos en un capullo cálido y oscuro. Automáticamente inclino la cabeza hacia atrás y le muestro mi garganta, reconociéndole como dominante. Siempre es estresante exponer mi garganta a un depredador supremo, pero tengo que hacerlo. Con un poco de suerte esto lo apaciguará.

En un mundo perfecto, el acto de sumisión es de máxima confianza. Expongo mi cuello, la mayor muestra de fe. Ofreciendo mi vida si él quiere tomarla. Debería tener más miedo del que tengo, pero algo en él calma a mi zorra. En un mundo perfecto, un dominante protege a los débiles. Tal vez este me proteja.

Un silbido de respiración entrecortada y unos dedos fuertes me envuelven la barbilla.

—¿Qué es esto? —Un pulgar áspero me toma el pulso tembloroso. Su ira me hace vibrar, pero de alguna manera mi zorra sabe que no va dirigida a mí. Permanezco dócil en su agarre, obediente cuando me levanta la cara para que me encuentre con sus ojos ardientes. Está a punto de transformarse en oso.

Me llevo la mano al cuello. Tan pronto como mis dedos tocan la costura del cuero blanco que se cierra en mi cuello, recuerdo.

—No es nada —le digo—. Un mordisco.

—Eso no es un mordisco —gruñe el oso—. Te ha roído, joder.

Solo puedo asentir. Mi amo vampiro generalmente se

alimentaba cuidadosamente de la arteria, pero esa noche quiso castigarme.

Los callosos dedos buscan a tientas la tira de cuero. Me doy cuenta de que intenta desabrochar el collar y entro en pánico, agarrando su muñeca. Gruñe y me quedo inerte de nuevo, cerrando los ojos y apoyando la mano en la cama. El cuero se tensa cuando tira y la hebilla no cede, vuelve a gruñir. Una garra se desliza contra mi cuello, cerca del pulso palpitante, luego con un movimiento, el collar sale volando. Me agarro a la manta con la respiración acelerada.

Entonces mi captor hace algo que nunca me esperaría en un millón de años. Sus dos grandes manos se posan alrededor de mi cabeza, inclinándola suavemente hacia atrás para estudiar la vieja herida.

—Shhhh, tranquila.

Respiro hondo, dispuesta a calmarme.

—Eso es. Buena chica.

Cuando abro los ojos, me escudriña el cuello, sosteniéndome la cabeza.

—Hay cicatrices —murmura—. Se necesita mucho para que una cambiante tenga cicatrices. Solo hay una manera de tenerlas.

Asiento. Sé cómo a los metamorfos se les forman las cicatrices. Las marcas de mi cuello señalan mi debilidad. Cualquier cambiante que conozca las marcas, sabrá que soy comida de vampiros. Tengo cicatrices como un humano.

Cierro mis ojos punzantes, harta de ser una víctima.

—Oye. —Su pulgar me acaricia la barbilla—. Está bien. Las cicatrices no son tan malas. Ni siquiera las noté antes.

Pongo cara larga y él me acerca para decirme bruscamente:

—No quise hacerte daño. —Su voz es grave, pero me abraza con ternura—. Ahora —me aparta un poco para que pueda mirarle el rostro—, vamos a tumbarnos a dormir. Ha sido una larga noche y lo necesitas. No huyas más.

Me muerdo el labio. No puedo aceptarlo.

Un estruendo parecido a una avalancha proviene de su pecho duro como una roca.

—Si huyes, no me gustará. Habrá consecuencias. ¿Entiendes? —Sus gruesos dedos me aprietan la garganta sin asfixiarme, pero lo suficientemente fuerte como para hacer que mi columna vertebral se debilite en señal de sumisión.

—Sí —respondo—. Entiendo. —Comprendo muy bien las consecuencias. Crecí en un clan de cambiantes zorros, locos y paranoicos. Del tipo que vende a los suyos a esclavistas porque hay demasiadas bocas que alimentar.

Espero pero él no se mueve, no cambia su agarre. Comienzo a pensar que va a abrazarme así todo el día cuando me masajea un poco el cuello y me inclina la cabeza hacia atrás para que le mire. Tiene los ojos claros, su oso está aún cerca, pero parece tranquilo, pensativo. La barba áspera y la cicatriz irregular le dan un aspecto rudo, no feo.

Ahí es cuando realmente me doy cuenta: tiene cicatrices como yo.

—¿Nombre? —pregunta.

Parpadeo, todavía preguntándome por sus cicatrices. Los cambiantes no las tienen fácilmente, como él dijo. ¿Cómo consiguió las suyas?

—Tu nombre, zorrita. ¿Cómo te llamas?

—¿Yo? Oh. Jordy.

Gruñe satisfecho en señal de reconocimiento y suelta la mano. Inmediatamente echo de menos su peso reconfortante, entonces cojo su mano antes de que pueda apartarla. Se queda inmóvil como si mi tacto gentil le congelara. Sé que podría ser así, mis manos siempre están frías. Pero no soy rival para un cambiante, mucho menos para uno del tamaño y peso de este oso.

—¿Cómo te llamas? —pregunto. Una parte de mí está en conmoción ante mi descaro. Otra, es demasiado curiosa para no preguntarle, demasiado ansiosa por conocerle como para dejarle escapar.

—Grizz. Abreviatura de Grizzly.

Ladeo la cabeza.

—¿Ese es tu nombre real?

—No. —Se aleja para subrayar el punto de que su apodo es todo lo que voy a obtener. Me borro la cara de decepción cuando se levanta de la cama.

—Toma. —Vuelve y me pone un cartón de zumo de naranja en la cara—. Necesitas beber.

Observa mientras trago la mitad del cartón.

—¿Necesitas el baño? —me pregunta cuando se lo devuelvo.

—No.

Se sienta y apaga la luz. En la oscuridad, mis sentidos se ponen en alerta. Grizz es una gran figura a mi lado, cálida y dorada. Como mi zorra ve el mundo a través del olor, para ella el oso pardo es un sol que brilla levemente. Huele reconfortante y familiar, como galletas de azúcar o pan de jengibre.

La cama cruje cuando se sienta y yo me corro.

—¿Qué haces? —chillo. No porque le tema, sino porque me entusiasma, y mi entusiasmo me asusta.

—Voy a dormir un poco. Tú también. Nos espera un largo día después de una noche aún más larga.

Me lamo los labios, pensativa.

—¿Me mantendrás aquí?

—Por ahora. No más vagabundeo. —Me da un empujón dominante—. Nada de escabullirse.

—¿Qué vas a hacer conmigo?

—Nada malo. Solo duerme. —Su voz baja una octava—. ¿Tengo que darte una orden?

Si lo hace, no podré despertarme e intentar salir de aquí. Hasta que levante la orden, no podré moverme en absoluto.

—No, no —le digo—. Dormiré. —Me hundo más dentro de las sábanas, acurrucada alrededor de una almohada. Después de un momento, la cama cruje porque hace lo mismo.

Ambos nos acomodamos uno al lado del otro, espalda con espalda, y aunque no nos toquemos, puedo sentirle cerca de mí.

Cierro los ojos y así caigo en la oscuridad de mis sueños. Hay alguien esperándome allí, una enorme presencia negra con colmillos y garras, que me alcanza mirándome con un solo ojo fulgurante.

—¡Jordy! —alguien me llama a lo lejos—. ¡Jordy, despierta!

Vuelvo en mí con un grito ahogado. Alguien me sujeta con fuerza, casi aplastándome.

—No pasa nada, estás bien —repite Grizz con un brazo envuelto alrededor de mis hombros, el otro en mi cintura. Su cuerpo me rodea completamente. Tan pronto como me doy cuenta, me quedo sin fuerzas. No puedo evitar llorar un poco y frotarme la cara con la suave camiseta de Grizz. Clavo los dedos en la tela, se enroscan en puños que descansan contra su pecho firme y musculoso.

—Lo siento.

Sus sólidos brazos se flexionan alrededor de mí un segundo antes de relajarse.

—Está bien.

—Tuve una pesadilla —gimoteo. Sueno patética, incluso para mí.

—Shh, estás a salvo aquí. Fue solo un sueño. —Las yemas callosas de los dedos me rozan la frente.

—Sin embargo, no lo fue. Realmente sucedió. Es un recuerdo. —Un recuerdo que me espera. Como si mi cuerpo supiera que estaba a salvo y mi mente trajera a mi conciencia el recuerdo de aquella noche para que pudiera procesarla.

—Está bien, zorrita. —Sigue acariciándome la cara y el cabello; cierro los ojos ante la deliciosa sensación—. Nadie puede encontrarte aquí.

—¿Qué pasa con...?

—¿Los vampiros? —me responde y me reacomoda en sus brazos para que mi cabeza esté metida debajo de su barbilla—. No pueden entrar. Esta es mi guarida. Necesitarían una invitación.

Me estremezco.

—Pueden enviar otras fuerzas.

Siento su sonrisa cuando su mandíbula se mueve en mi cabeza.

—Pueden intentarlo. Cualquiera que encuentre este lugar y entre, me lo comeré.

Una risita se me escapa y la silencio, por no saber si quiso hacerme reír. Su risa resuena a mi alrededor y me relajo de nuevo, una sonrisa brota profundamente dentro de mí. Su estado de ánimo ligero me da valor para preguntarle lo que me he estado preguntando desde que llegué aquí.

—¿Por qué me trajiste acá?

En lugar de responder, aprieta su agarre en mí nuevamente, esta vez para poder frotarme la espalda.

—No estaba cerrada... —dice bruscamente después de un rato.

—¿Qué?

—La jaula no estaba cerrada. Me dijiste que tu amo te puso allí, pero la jaula no estaba cerrada.

—Oh —es todo lo que puedo pensar en decir.

—Podrías haberte ido en cualquier momento, pero no lo hiciste. ¿Por qué?

—Para complacer a mi amo.

—Es un amo de mierda.

—Me salvó. Provee para mí y me protege. —Me trago cualquier otra cosa que diga. Agustino no es perfecto, pero ha cumplido con todo lo que prometió. Es todo lo que puedo pedir. Le debo mi lealtad y mi vida.

—Te prestó, te golpeó, se alimentó de ti. Luego te arroja a una jaula.

—La jaula es mi hogar.

Suspira como si entendiera, pero desearía no haberlo dicho.

—¿Vas a estar bien sin eso?

—Seré buena —prometo en un susurro.

—Eso no es lo que quise decir. ¿Tu zorra necesita la jaula para sentirse segura?

—No. —Me lamo los labios, queriendo explicarle que ya me siento segura con él—. La jaula... fue más para el beneficio de mi amo. Mi amo no sabe cómo manejar a mi zorra. Una vez, ella le mordió.

—Tu amo, Agustino. Un vampiro. —Su tono es seco.

—Correcto.

—Debería ser capaz de manejarla. En cualquier caso, que ella le haya mordido para variar es un juego limpio —murmura la última parte.

—¿Qué?

—Quiero decir, *él te clava los colmillos*. —El grandullón me acaricia la cicatriz del cuello—Tal vez a tu zorra no le guste. Quizás pensó en darle la sensación de los colmillos, su propia experiencia.

Me río aunque no sea gracioso. Mi amo se enfadó muchísimo cuando mi zorra reaccionó. No la dejó salir de la jaula durante una semana.

Cuando se lo explico, la cara del grandullón se ensombrece. Una cara que asusta. Mi zorra asoma la cabeza, fascinada. Es más inteligente. Me siento en silencio.

—Tal vez necesites un nuevo amo.

Sí, quiero estar de acuerdo, pero no lo estoy. Ya me siento culpable de traicionar a Agustino así.

—Necesitas dormir. —Nos acomoda de nuevo en la cama, yo de espaldas a él. Se toma el tiempo para apartarme el cabello de la cara y del cuello, por lo que mi piel descansa directamente sobre la superficie lisa de la funda de la almohada. Contengo la respiración todo el tiempo, esperando que se aleje.

—¿Quieres...? —Detengo mi pregunta en seco. Se supone que no debo pedirle nada. Estoy tan relajada con Grizz que he olvidado las reglas.

Pero él gruñe, ¿qué?

—¿Seguirás abrazándome? —Apenas puedo oírme, pero él me oye perfectamente.

—Claro, zorrita. No hay problema. Duerme ahora. —No es una orden, pero me duermo.

Capítulo Cuatro

rizz

Me levanto un poco después de la una de la tarde, cierro la puerta del dormitorio sigilosamente, gruñendo ante el embate de la luminosidad. Podría haberme quedado en la cama abrazando a Jordy durante horas, pero tenemos mucho que hacer, comenzando con encontrarnos con Declan y sus amigos en el club de lucha. Casi doce horas, y no estoy más cerca de averiguar por qué los vampiros, tomando cambiantes, ponen en riesgo el acuerdo de paz. Y ahora tengo una cautiva, una complicación que no preví.

Agustino enloquecerá cuando se dé cuenta de que ella no está. Puede que no se preocupe demasiado por Jordy, sino que a los vampiros no les gusta que otras personas jueguen con sus juguetes sin su permiso. Una cuestión de control.

Aún así, no es necesario que se dé cuenta si no tiene que enterarse, pues traje a Jordy diciéndome a mí mismo que la devolvería tan pronto como obtuviera la información que necesito. Ella es mi única pista, la única cambiante que conozco que atiende a un vampiro.

El hecho de que mi corazón me dé un vuelco cuando la veo de pie en la entrada de la cocina, con los ojos somnolientos y vistiendo nada más que una de mis franelas, no tiene nada que ver con la razón por la que la tengo conmigo. Es parte del trabajo, nada más.

No puedo describir cuánto me gusta verla con mi camiseta y el par de calcetines que le dejé, con solo decir que mi erección está tan dura que parece a punto de partirse en dos. Me vuelvo a la encimera para ocultarla. No tiene sentido darle un susto.

—Siéntate —le digo cuando vacila, parpadeando ante la resplandeciente luz del día. Sirvo la carne que he estado cocinando, confiando en que obedecerá—. ¿Dormiste bien?

—Sí, señor —responde suavemente. He escuchado a sumisos llamar a sus dominantes "señor" innumerables veces, pero la palabra nunca hizo que mi polla palpite como lo hace al escucharla en los labios de Jordy. Cielos, ¿qué me sucede?

Me doy vuelta dispuesto a decirle que me llame *Grizz*, pero se ve tan pequeña, tan desgarradoramente frágil, sentada sobre la mesa de mi cocina con las piernas colgando, que no tengo valor para corregirla. Entonces, ¿y qué si me llama *señor* si tal vez se sienta más cómoda? Puedo sacrificar mi comodidad para hacerla feliz.

El hecho de que espero que lo diga de nuevo no significa nada, aunque por alguna razón, a ella le agrada a mi oso. No tiene que significar nada.

Vuelvo a cocinar, preguntándole por encima del hombro:

—¿Tuviste más sueños?

No contesta de inmediato. Con la mirada perdida, se

acaricia el cuello donde antes solía estar el collar. Levanto la voz por encima del chisporroteo del tocino.

—Jordy, ¿escuchaste? Te pregunté si soñaste de nuevo.

—Te escuché.

Levanto una ceja. ¿Juega conmigo? ¿Intenta ignorarme? Es lo contrario a llamarme *señor*. ¿Me presiona para que la castigue?

—¿Y?

—Soñé otra vez. —Mantiene los ojos en la mesa. Su renuencia solo me hace querer indagar más. Necesito interrogarla, de todos modos. Con cualquier otro testigo, lo habría hecho hace rato, en lugar de mimarla y dejarla dormir. Por los cielos, me tiene fuera de juego.

—¿Pesadillas? —No lvoy a dejar que me esquive tan fácilmente.

Su frente se arruga.

—Sí.

—¿Se trataba de Agustino?

—No. Otro vampiro.

—¿Un vampiro al que Agustino te prestó?

Se encoge de hombros. No es una respuesta directa, pero no la presiono. Dejo el tocino a un lado y sigo con los huevos y las salchichas. A pesar de toda la resistencia a responder mis preguntas, se siente a gusto. Juguetea con los artículos de mi mesa: un bolígrafo, una pila de correo viejo.

Tal vez no tenga que interrogarla por las malas.

—¿Cómo llegaste a estar con Agustino?

Jordy murmura algo. Pongo una tapa en la sartén, me acerco a ella y le levanto la barbilla.

—Dime.

—Mi familia me vendió. —No me mira a los ojos. Sus mejillas se ruborizan. Me trago la rabia y la libero, pero no me alejo.

—¿Por qué?

—Demasiadas bocas para alimentar. Mi clan se ponía demasiado grande, era más difícil ocultarse. Los zorros tienen que esconderse.

Gruño en señal de comprensión. Los animales de presa generalmente sobreviven escondiéndose.

—También rompí las reglas —agrega después de un momento.

—¿Cómo?

—Ayudé a una desconocida, alguien ajena al clan, pero pariente de sangre. Buscaba a mi hermano mayor y le di información para ayudarla, pero puso al clan en peligro, así que cuando hubo una oportunidad de deshacerse de mí, la aprovecharon.

—Eso suena jodido —gruño. La vergüenza le surca la expresión.

—¿Cómo te vendieron a Agustino?

Se encoge de hombros, apenada.

—Había unos hombres con máscaras oscuras. No olían a nada, como si su olor hubiera sido borrado. Luego hubo una subasta y terminé con Agustino.

Debería concentrarme en esta información, ser implacable y continuar con el hilo de preguntas pertinentes para averiguar todo lo que pueda sobre los esclavistas de cambiantes, pero no puedo. Solo puedo concentrarme en Jordy, que tiene los hombros levantados hasta las orejas y un aroma triste, avergonzado. No me extraña que no quiera preguntas sobre su pasado. Probablemente reprima la horrible forma en que ha sido tratada, dejando que los recuerdos se desvanezcan. Si yo hubiera pasado por todo eso, también tendría pesadillas.

Le pongo una mano en el hombro. Quiero consolarla, pero ¿qué voy a decirle?

—Está bien. —¿Me parece a mí o se apoya en mi mano antes de que la retire?

Vuelvo a preparar el desayuno. Permanecemos en silencio pero a Jordy no parece importarle. Se siente cómoda sentada donde le dije que se sentara, revisando las cosas sobre la mesa. Incluso toma un bolígrafo y comienza a garabatear en las esquinas de un viejo folleto de cupones.

—¿Por qué crees que Agustino te quería?

Sin dejar de dibujar con el bolígrafo, responde fácilmente.

—Soy una sumisa.

—¿Y?

—*Sweetblood*, sangre dulce. Así es como nos llaman.

—Pensé que los dulces eran todos humanos.

—No. Hay sumisas humanas —aclara cabizbaja, todavía garabateando—. Pero Agustino dice que requieren más trabajo.

Me apoyo en la encimera mientras pienso en ello y suelto:

—Los humanos sumisos necesitan seducción, mimos. Y no se les puede simplemente hacer desaparecer así como así. Pero si compran una presa metamorfa en una subasta, pueden hacer lo que les plazca.

—Correcto.

—Ya estabas en la clandestinidad de todas formas, escondiéndote con los de tu clan. Para el mundo, tú no existes.

Jordy se encoge un poco más. El bolígrafo en su mano se queda quieto.

—Jordy. —Espero hasta que su mirada se dirija hacia mí—. No te pregunto sobre esto porque quiero. Es parte de mi trabajo.

Hago una pausa y asiente brevemente. No es mucho, pero provoca que mi oso se sienta mejor.

* * *

Jordy

Grizz se inclina sobre el fogón, sus bíceps se abultan cuando remueve la carne que chisporrotea. Cubre la sartén y se dirige a la nevera, hurga allí en busca de otro paquete envuelto en papel de carnicero. Se mueve con soltura para un tipo tan corpulento. Su poderoso tamaño se desplaza con soltura de la nevera al fogón, y la gracia controlada de sus movimientos hace que se me agite la respiración en el pecho.

Mi zorra está fascinada por él. Tengo que admitir que tiene razón. Es tan grande y robusto que debería estar en una montaña talando árboles o en un sitio de construcción trabajando con sus manos. O en una zona de guerra, desatando la violencia que presiento dentro de él. Verle cocinar es como tener a Godzilla tejiéndote un suéter. El enorme y poderoso ejecutando lo mundano. Cada pequeña tarea doméstica que ejecuta es un milagro.

—¿Qué hizo Agustino una vez que te tuvo? —pregunta. Me concentro en mis manos y en el punto donde el bolígrafo toca el papel. La tinta se filtra fácilmente cuando garabateo curvas y remolinos. Una enredadera florida crece en el margen del periódico descolorido.

—Nada tan malo. Me dijo que era mi amo. Se suponía que debía obedecerle. Si no lo hacía, me castigaría. Recompensaba mi obediencia con placer sexual.

Grizz gruñe un poco ante eso, no estoy segura de si le molesta lo del castigo o la recompensa.

—Y él te prestaba.

—Sí. Eso me gustaba menos. Sin embargo, la mayoría de los dominantes respetaban sus límites. —Me estremezco y aprieto el bolígrafo con más fuerza en la mano izquierda, mientras con la derecha me presiono el pecho y me froto la piel que me pica sobre el corazón. Me sobresalto cuando me doy cuenta de que Grizz me mira con los ojos entrecerrados. Su mirada sigue mi mano, que dejo caer en mi regazo. Espero a que diga algo, pero agarra un plato, me lo llena y lo apoya en la mesa con un golpe seco.

—Come. Tienes que comer algo.

Cuando miro fijamente el plato lleno, se me hace agua la boca. No he comido tan bien en meses. Ciertamente no tanta comida. Me he entrenado para no pensar mal de Agustino, de lo contrario nunca habría podido soportar mi vida en su guarida, pero estar con Grizz hace que todo lo malo salga a relucir.

—Jordy. —Me pone una mano en la nuca cuando regresa con su propio plato—. Come. Eso es una orden.

Agarro el tenedor y empiezo a engullir comida, masticando lo más deprisa que puedo. Mi estómago sufre calambres por el repentino ataque.

—¡Ey, ey! —dice Grizz, su mano aún descansa en mi cuello desnudo—. Tranquila.

Al instante dejo el tenedor y me concentro en mi boca llena.

—Lo siento —murmura él—. Debo controlar las órdenes.

—No pasa nada —trago—. Estoy acostumbrada a ellas.

—Quiero que estés bien. Y saludable. ¿Agustino realmente te alimentaba con comida para perros?

Asiento.

Grizz gruñe y me sobresalto.

—Shhh, está bien. —Su gran mano aprieta la mía—. No estoy enfadado contigo.

—Lo sé. —Levanto los ojos hacia los suyos, consolándome con el resplandor amarillo del oso.

—Tienes que comer bien. No eres un perro.

—Soy una zorra. Es suficiente.

—Eres una cambiante. Una joven encantadora. Necesitas comida de verdad.

Se me ruborizan las mejillas. Me llamó *encantadora*.

—Agustino no quería que comiera demasiado. Me quería delgada.

—Le gustaba tenerte débil y dependiente, probablemente.

Aprieto los labios. Es cierto, aunque me siento culpable estando de acuerdo con él. Debería ser leal a mi amo. La cara de Grizz se tensa cuando se lo digo.

—¿Por qué? No te trató bien.

Bajo el tenedor.

—Me trató mejor que el clan.

El grandullón gruñe ante eso. Se zampa la comida de su plato mientras pretendo mirar el mío, pero le echo un vistazo furtivo a Grizz cada vez que estoy segura de que no me está mirando. Decido que la cicatriz de su cara no es fea. La costura le hace parecer peligroso, no débil. Tiene la nariz torcida, como si se la hubiera roto y quedó mal puesta, y solo eso suma a su aura violenta. Combinado con los tatuajes, la barba áspera y los mechones dorados hasta los hombros, parece un rudo motero. De los que viven libres o mueren.

Confío en haber conseguido estudiarle sin que se dé cuenta cuando extiende la mano y me agarra la rodilla. La excitación instantánea me brota a borbotones, una inundación que llena mi sexo. Aprieto las piernas juntas para no desbordarme. Sé lo que es excitarse: Agustino se deleitaba en hacerme desear su mordisco y suplicar por ello, tanto como disfrutaba haciéndome daño, pero nunca he sentido nada parecido a esto.

Grizz levanta la cabeza con los orificios nasales abiertos. Vuelve los ojos brillantes hacia mí, como luces altas en la oscuridad. Sus dedos me dan un apretón más.

—¿Terminaste de comer?

Asiento, incapaz de hablar.

Se lleva el resto de mi comida a la boca, comiendo con la mano sobre mí como si fuera lo más natural del mundo. Como si no se diera cuenta de que mi respiración se ha acelerado y el aire se colmó de mi aroma.

—Me llamaste *señor*, antes —dice—. ¿Por qué dejaste de hacerlo?

—No te gustó —susurro antes de poder contenerme. No tiene que saber por qué le observo atentamente, cómo vi que apretó labios y su ceño fruncido cuando lo dije la primera vez. Cómo le presioné para ver hasta dónde podía llegar antes de que su dominio entrara en acción. Poner a prueba los límites es algo que hago naturalmente.

Gruñe y siento un segundo de pánico.

—No querías que siguiera llamándote *señor*, ¿verdad? —¿Interpreté bien las señales? La idea de que podría haberle decepcionado me oprime el pecho.

—No, no —me tranquiliza, agarrando mi mano—. Relájate, zorrita. Puedes ser tú misma. Quiero que seas tú misma conmigo.

—Vale. —Bajo los ojos. ¿Cómo puedo explicarle que sumisa es justo lo que soy?

—Buena chica —retumba y en un instante estoy contenta. Tal vez sepa lo que soy. Al menos, en algún nivel. Incluso si no quiere admitirlo.

Con un último apretón, se levanta y despeja la mesa.

—Es hora de irnos, zorrita. ¿Quieres envolverte en esa manta?

—¿Qué?

—Necesitas ropa. Puedes usar mi camiseta, pero envuélvete en esa manta para que pueda sacarte.

* * *

Grizz

Jordy parpadea hacia mí.

—Zorrita, vamos.

Ya es bastante malo que me mire con esos grandes ojos de muñeca. Su aroma dulce me embarga, y pienso en mi fantasía en el club anoche. Una pequeña sexy que andará por mi casa con una camisa y sin bragas, que caerá de rodillas ante mí cuando quiera. Aquí está, pero no puedo tocarla. Le pertenece a un vampiro.

Se echa encima una camisa mía que se traga su pequeño cuerpo.

—¿Puedo pedir prestado esto?

—Sí, ya que no tienes nada más que ponerte. Te conseguiré ropa a primera hora.

Con una sonrisa descarada, se la quita.

—Zorrita... —Tengo la boca seca. La vi desnuda en el club y esta mañana cuando trató de huir, pero de alguna manera, tenerla en mi guarida es diferente. Tiene el cuerpo pálido y pecoso, el torso esbelto y los muslos robustos. Parece que perteneciera a este lugar. Se me hace la boca agua.

Antes de que pueda preguntarle qué está haciendo, se

ajusta la camisa, dejando los brazos libres, y la abotona casi por completo. El botón del medio termina entre sus pechos y la camisa se le ciñe. Toma las mangas y las envuelve alrededor de ella como un cinturón.

—Listo —sonríe complacida. La camisa es un vestido que termina aproximadamente a la mitad de los muslos, dejando los hombros desnudos, pero es suficiente cobertura para ir la tienda de excedentes.

—Bastante bien —digo, y me sale un gruñido. No me sorprende, estoy a punto de echármela al hombro y llevarla de vuelta al dormitorio. Así aprenderá a confiar en mí.

Me encojo de hombros en mi chaqueta mientras Jordy mete sus pies en mi par extra de Timberlands. Las botas son enormes, pero rellena con papel los calcetines.

Reviso mi bolsillo en busca de mi petaca y armas, teniendo cuidado de ocultarle lo que llevo.

—Vamos.

Me espera afuera y me observa cambiar las placas de la camioneta.

—Esta camioneta está caliente —le explico.

—¿Caliente?

—Es robada.

Ladea la cabeza hacia un lado.

—¿Por qué la robaste?

—No podía llevarte en la moto.

Un suspiro se le escapa mirando hacia el valle.

—¿Qué pasa? —pregunto.

—Grizz, en serio, ¿por qué estoy aquí? A Agustino no le va a gustar.

—Le llamas *amo* y a veces Agustino.

Se sonroja, sus ojos se encuentran con el suelo.

—No es un juicio. Solo tengo curiosidad al respecto. Las cosas entre sumisos y dominantes son un juego.

—No lo es —insiste.

Levanto una ceja hacia ella mientras llevo mi caja de herramientas al cobertizo.

—Lo es y no lo es —vacila—. Sabes lo importante que es el dominio y la sumisión para los cambiantes. Vivimos y morimos por ello.

—Sí, pero la parte sexual no la entiendo.

Se muerde el labio, mirándome. Estoy a punto de ordenarle que deje de morderse el labio antes de que se lo dañe, cuando dice:

—¿Nunca has querido darle todo a alguien? ¿Demostrar cuánto le amas?

Ella se acerca y me pone una mano en el pecho, justo sobre el corazón. Su contacto me asalta como una pistola Taser. Me agito pero no se da cuenta. Tiene los ojos muy abiertos, embelesados, y las palabras salen de ella como si las hubiera estado guardando toda su vida.

—¿No has querido amar tanto a alguien que harías cualquier cosa, incluso dejar que te arrastren más allá de los límites de lo normal, a un territorio prohibido? Y vas, solo para mostrar cuánto confías. Harías cualquier cosa. Darías tu vida, tu corazón, tu dolor, y sería un placer.

El aire sale de mis pulmones.

—Jordy...

—¿No quieres un amor así? —Tiene ambas manos sobre mí ahora, sus pequeños dedos apretando mi chaqueta de cuero—. Si lo encontraras, ¿no harías nada para aferrarte a él?

Le tomo las muñecas.

—Zorrita...

—¿No lo harías?

La miro fijamente. Tiene un anillo azul claro alrededor de los ojos que se desvanece a marrón cerca de las pupilas.

Tiene los labios regordetes, tersos. Está de puntillas, todo su cuerpo se dedica a convencerme de lo que está diciendo, con la esperanza de que la comprenda.

Odio decepcionarla.

—No, zorrita. No puedo decir que lo haría.

Duele ver la luz desvanecerse de su rostro. Comienza a alejarse y le agarro las muñecas con más fuerza.

—¿Amas a Agustino? —Mis palabras salen con un gruñido.

Se muerde el labio y luce miserable. Agarro su barbilla y vuelvo su cara hacia la mía.

—Respóndeme. —El oso me araña las entrañas, rugiendo para liberarse.

—No, está bien. No. Pero me gusta lo que tenemos. Mi zorra es... Necesita estar protegida. Todo lo que siempre quise fue eso. —Sus hombros caen ante la admisión. Es una mentira a medias. Quería más, pero se conformó con protección. Quiero decirle algo que la consuele, pero ¿qué? No vemos el mundo de la misma manera. Para mí, solo hay depredadores y presas, y me he asegurado de ser un depredador. Jordy es débil. En el peor de los casos, es una presa, un peón para aquellos más poderosos que ella. En el mejor de los casos, es un daño colateral. Pero no puedo decírselo. En algún nivel, ya lo sabe; a pesar de su esperanza de algo mejor. Un amor que lo sea todo, para acabar con todo.

—Supongo que te suena tonto —susurra. No se encuentra con mis ojos.

Le dejo caer la barbilla. He hecho suficiente daño.

—Sube a la camioneta, zorrita. Tenemos que irnos.

Capítulo Cinco

Grizz

Durante el trayecto, Jordy permanece callada.

Sigo pensando en sus palabras. Me lo explicó todo. Cielos, esta zorrita necesita a alguien que la proteja. Con el primero que se le aparece y la trata decentemente, se confiesa íntimamente como si fuera su alma gemela. Su único amor verdadero. He visto lo suficiente como para saber que ese cuento no existe. Puede que quiera follarla, que mi oso quiera retenerla, pero es solo biología. Ella hace del amor algo noble. Tiene todo un manifiesto. El amor es algo por lo que vivir y morir, algo en que creer.

En lo único que creo es en la venganza. Venganza, por la venganza vivo y muero. La única razón por la que conocí a Jordy es por este trabajo para Frangelico. Un trabajo que tomé porque él puede darme lo que quiero.

Tengo que encontrar más pistas. Una prueba más de que la razón por la que los vampiros toman cambiantes es para usarlos como sangre dulce. Debo dar con la ubicación de los esclavistas de cambiantes que Jordy mencionó. Si hay un mercado negro de metamorfos que opera en el territorio de Frangelico, tenemos que eliminarlo.

Entonces puedo continuar con mi objetivo original.

La única pista es Jordy. No hay forma de que la envíe de vuelta con Agustino, pero no puedo retenerla. Arrebatarla fue solo parte del trabajo. Si no tengo cuidado, se convertirá en una distracción.

En mi línea de trabajo, las distracciones matan a los osos.

Jordy es solo una pista del misterio. No es más que un medio para un fin. Por mucho que mi oso quiera que sea más, no es seguro para ella, ni justo para mí.

En pocas palabras: no puedo involucrarme. No más fantasías de mantenerla conmigo para siempre. Voy a usarla para completar mi misión. Si me lo permite, la probaré, pero le dejaré claro que no significará nada.

Ella piensa que el amor es para siempre. Se equivoca. Todo termina. Y cuando llegue el momento, estaré listo para decir adiós.

Ahora solo necesito ser duro ante la mirada decepcionada de su rostro. Verla sufrir mata a mi oso. No puedo pensar demasiado en eso.

Hace un leve sonido cuando aparco frente a la tienda de excedentes.

—Búscate algo de ropa.

Salto de la camioneta y estudio la calle mientras me dirijo a abrirle la puerta. Sale lentamente, quizás porque lleva una camisa, botas demasiado grandes y nada más. No tiene bragas debajo de mi camisa. Mejor olvidar ese hecho o me resultará demasiado difícil caminar.

—Vamos, zorrita. —La dirijo hacia la zona de la ropa de mujer. Sus grandes ojos parpadean hacia mí. Sus pezones se distinguen en la tela de la camisa devenida vestido.

Aprieto los dientes. Pienso en el béisbol. Béisbol... agradable y aburrido. Jordy con una camisa y nada más, besa la pelota, toma el bate... ¡No!

—¿Qué quieres que me ponga? —pregunta ella, inconsciente. El aroma suyo se eleva, espeso. Su cuerpo me responde. En algún nivel, no es tan inconsciente.

—Da igual.

—¿Quieres cierto atuendo? ¿Para algún encuentro en especial?

—No vamos a asistir a un baile elegante. Solo necesitas ropa. Prendas para andar por la ciudad. Ropa para mantenerte abrigada, cubrirte. Nada que llame la atención. Zapatos también.

Con un asentimiento, desaparece. Poco a poco, el carrito se llena de camisas y pantalones cortos, un par de zapatillas de lona, un suéter ligero.

La agarro del brazo cuando vuelve a pasar.

—Pon algunos vestidos.

—¿De qué tipo? —pregunta. Me mira, dulce y confiada. Si tan solo supiera lo que quiero hacerle.

—Vaya si lo sé. Vestidos. Me gustan estos. —Me doy la vuelta y me dirijo hacia un sector de vestidos con flores y volantes.

Ella los toca.

—Son bonitos.

Recojo unos cuantos, incluidos los que ella tocó con nostalgia. Sonrojada, los cambia.

—No uso talla extra pequeña.

—Eres extra pequeña para mí.

Jordy se sonroja.

—Tendré que probármelos.

—Adelante. Esperaré. ¿Tienes todo lo que necesitas?

—Creo que sí. —Se muerde el labio mientras reviso las camisetas sin mangas y los pantalones cortos que eligió.

Antes de que pueda irse a probar los vestidos, la detengo.

—Pon bragas también. ¿Las olvidaste?

—No —se sonroja—. No suelo usarlas.

Gruño.

—Aquí las usas. En la casa puedes ir desnuda.

—¿Es una orden? —pregunta. Estoy a punto de llevarla a un probador y tomarla, cuando me doy cuenta de que está bromeando.

Gruñendo, me alejo dando zancadas, empujando el carrito para que nadie pueda ver mi furiosa erección. Se toma un momento en cambiarse, así que apenas estoy bajo control cuando me encuentra.

—¿Está bien así? —me llama. Lleva un vestidito floral con tirantes que deja los brazos descubiertos. Se ciñe a su cuerpo, mostrando sus ligeras curvas. Se ve dulce, sana e inocente, y yo solo soy un gran oso gruñón.

—Sí. Bien. Toma algunos vestidos de esos. Y algunos suéteres. —Todavía hace frío por la noche.

—¿Quieres que me lo ponga hoy?

Sí. Quiero que lo uses mientras regresamos a mi guarida, con tu cabeza en mi regazo. Te llevaré a mi cama, te arrancaré el vestido y te follaré hasta que llegues al clímax.

—Hoy no —logro gruñir—. Tengo que hacer. Algo práctico.

—Está bien, Grizz. —Se va deprisa.

Me escondo detrás de una selección de chaquetas y me acomodo los vaqueros. Ir de compras con Jordy no volverá a suceder, pues me convierte en un maldito pervertido. Habría una solución fácil: llevarla a casa y atarla a mi cama.

Pero no es por eso que la me la traje de la casa de Agustino. Tengo un trabajo que hacer.

Pago por todo y le impido que lleve las bolsas. Me criaron para tratar a las mujeres como damas. Abro las puertas y cargo las bolsas. Jordy obviamente se siente incómoda conmigo haciendo cosas por ella. Se muerde el labio pero obedece.

La acompaño a la salida con la mano en su espalda. Con un par de pantalones cortos y una camiseta, parece que va a jugar en el recreo, con la cara fresca y joven. No debería estar cerca de mí.

Luego nos detenemos en una farmacia. Aparco la camioneta y le señalo las puertas para que vaya.

—Compra esas cosas femeninas.

—¿Qué?

—Zorrita, estoy en un trabajo. Tienes la información que podría necesitar. Hasta que descubra lo que necesito, estás conmigo.

Ella palidece.

—Pero mi amo...

—Olvídalo. Estás conmigo.

—Cuando termines, ¿me enviarás de regreso?

—Veremos llegado el momento —le digo, aunque no tengo intención de enviar a Jordy de vuelta con alguien como Agustino. Jamás. Agustino se enfadará, pero no tiene que saber cómo escapó. Y después de un tiempo, se olvidará de ella y puedo encontrarle un nuevo amo. Yo mismo se lo buscaré si tengo que hacerlo. Tal vez Trey conozca a un buen lobo que aceptaría una sumisa, aunque sea una zorra.

Sin embargo, cuando pienso en entregar a Jordy, mi oso gruñe. Jordy se encoge en el asiento.

—Vamos —le digo—. Compra todo lo que necesites.

Cepillo para el cabello... y esas cosas femeninas. No sé lo que necesitas.

Vuelve a morderse el labio.

—Basta con eso —gruño y se pone tiesa. Joder, ahora le estoy dando órdenes.

Me bajo de la camioneta y la dejo salir, luego cierro las puertas un poco más fuerte de lo necesario.

—Vamos. —Entro en la farmacia, cojo una cesta de compras y se la entrego.

Parece perdida.

—Ve, consigue lo que necesitas. Solo por una semana más o menos.

Ella mira hacia la tienda.

—No sé lo que necesito.

Miro fijamente sus grandes ojos dándome cuenta de que le he pedido que piense en sí misma. Pero si cree que voy a elegirle el champú, tiene que pensárselo mejor.

—Mientras estés conmigo, quiero que te veas bien. No hablo de maquillaje, pero cuídate. Si descubro que te has privado de algo porque no querías que tuviera que comprarlo, iré a comprar doce de ellos para ti. —Acerco la cabeza, asegurándome de que el cajero no pueda escuchar lo siguiente—: Y luego te castigaré.

Sus pupilas se dilatan como si la excitara, pero asiente y se apresura por un pasillo. La sigo, tomo un puñado de *Chapstick* y los tiro en la cesta.

Sacudo la cabeza. Para alguien que odia los juegos de poder entre dominante y sumisa, seguro que me gusta salirme con la mía.

—¿Señor? —pregunta. Está en la entrada del pasillo de maquillaje brillantemente iluminado, donde hay caras de celebridades maquilladas que me saludan a cada paso. Maldito circo.

—Nada de maquillaje —empiezo a decir cuando susurra.

—Solo alguna base. Para cubrirme la cicatriz.

Joder. No puedo decirle que no a eso.

—Está bien. Cobertura o lo que sea. Y... —Miro las caras pintadas con disgusto—. Cualquier otra cosa que quieras. Pero nada demasiado loco.

—Gracias —Se pone de puntillas y me besa la mejilla.

—De nada. —Me quedo callado, me doy la vuelta y avanzo por otro pasillo. Veo algunas cosas que quiero para ella.

Unos minutos más tarde, el cajero escanea todos los productos mientras Jordy se agacha y toca con anhelo una barra de caramelo. Tomo la barrita y la echo a la pila, luego señalo con la cabeza el pasillo de comida chatarra.

—Ve a buscar algunos bocadillos.

—¿Qué te gusta?

—Carne.

La despido con una ligera palmadita en el trasero. Cuando se ha ido, saco artículos que encontré para ella y le pido al cajero que los cobre y los ponga en una bolsa aparte antes de que regrese. Una sorpresita.

De vuelta en el coche, tiro las bolsas en el asiento trasero y me meto en el tráfico.

—¿Conseguiste lo que necesitabas, zorrita?

Jordy asiente.

Está feliz, puedo decirlo. Tiene las mejillas sonrojadas, se trenza el cabello, usa lo que acabo de comprarle. Finalmente se decide por dos coletas castañas.

Me detengo en un restaurante de comida rápida y pido veinte hamburguesas para llevar. Los ojos de Jordy se abren de par en par cuando le entrego las bolsas llenas de comida.

—¿Um, Grizz? Realmente no tengo hambre. El desayuno fue muy abundante. —Parece culpable.

—No es para nosotros, nena. —Me acerco a un semáforo y le pongo una mano sobre la rodilla, prestándole toda mi atención—. Si tienes hambre más tarde, te conseguiré lo que quieras. Esto es para otros.

Se queda en silencio, contenta de dejarme llevarla a donde sea que tenga que ir. Me dirijo al club de lucha y trato de ignorar lo bien que se siente tener a una mujer al lado.

Nos detenemos en otro semáforo y la estudio. Tiene apoyada la cabeza contra la ventanilla y el reflejo muestra una cara ligeramente pecosa con una mirada lejana. Su expresión es pensativa, pero una sonrisa no está muy lejos. Me doy cuenta entonces, se siente contenta conmigo. No debería darle esperanzas. Realmente no debería. Pero no puedo evitarlo. Cuando se trata de ella, simplemente no puedo evitarlo.

—Toma. —Me estiro detrás de mí y saco otra bolsa de la pila en el asiento trasero—. Casi lo olvido. Los recogí mientras buscabas vestidos. —Le entrego un paquete de lápices de colores y un libro para colorear de adultos. Sus ojos se abren de par en par, pero los toma antes de que la luz se ponga verde y pise el acelerador.

—Te vi garabateando. —Mantengo los ojos en el camino.

—Lo siento...

—No te disculpes. Se veía muy bien. Pensé que te gustaría, si usas papeles viejos para garabatear.

—Sí. —Sostiene el libro y los lápices como un premio a la mejor sumisa del Club Toxic, como si fuera un tesoro.

—Bueno, ahora no tienes que usar papeles viejos. También te conseguiré un bloc de dibujo si quieres.

Se le ilumina el rostro. Prácticamente rebota en el asiento, tan dulce y hermosa que se me oprime el pecho.

—Gracias, gracias. —Respira y antes de que pueda detenerla, se inclina para darme un beso en mi mejilla cicatrizada. Mi erección se anima; me encuento a un segundo de hacerle saber cómo puede mostrarme gratitud cuando se aleja y me mira con adoración. Diablos, solo la experiencia de ver su rostro es suficiente para sacarme. No es bueno. Tengo que terminar con esto.

—No significa nada —declaro y ella retrocede todavía radiante.

—Lo sé —dice, pero miente. Y cuando todo se reduce a eso, yo también lo hago.

* * *

Jordy

Grizz mira fijamente la carretera gruñendo cuando un Jetta azul oscuro se acerca demasiado a nuestra camioneta. El conductor del Jetta levanta la vista y pone los ojos en blanco, frenando inmediatamente. El coche azul oscuro se coloca detrás de nosotros y el cuerpo de Grizz retumba mientras su oso reclama la victoria. Con cualquier otro cambiante, me acobardaría en mi asiento, pero me siento erguida, viendo cómo Grizz amedrenta a los conductores humanos, sintiéndome totalmente satisfecha. Mi zorra levanta la cabeza estudiando a nuestro captor con gran atención. Se ha enamorado de él. Totalmente.

Por un segundo Grizz se ablandó. Intentó ocultarlo, pero yo lo noté. Sus muros se derrumbaron. Trata de mantener sus defensas en alto y no involucrarse conmigo,

67

pero ya lo está. Me sacó de la jaula, me ayudó. Dice que soy su cautiva, pero estoy sentada libre, rodeada de cosas que me compró. Los hechos hablan más que mil palabras. Agustino dijo que me proveería y me protegería, pero es Grizz quien realmente lo hace. Es mejor que Agustino, si se me permite pensarlo.

Debería odiar ser la cautiva de Grizz y querer volver con mi amo, pero no es así. Si esto fuera un préstamo, tendría que arrastrarme de regreso a mi amo y rogarle que me perdone, que me castigue por serle desleal. Pero no es un préstamo. Grizz me vio, me quiso, me llevó. Él podría negarlo, aunque es la verdad. Es peligroso para los dos y sobre todo para mí. Yo soy la que vivirá con las consecuencias, sin embargo, de momento estoy aquí con Grizz y no puedo pensar en el dolor que vendrá a continuación. Cuanto más tiempo paso con Grizz, menos importa mi amo, mi entrenamiento, mi futuro.

Tan pronto como entramos en el área industrial, la actitud de Grizz cambia. Endurece el rostro y fija los ojos en un almacén anodino a un lado de una larga valla metálica. Hay unos cuantos coches aparcados cerca, pero él va lejos.

—¿Qué es este lugar?

—Tierra de nadie. Ni de cambiantes, ni de vampiros. Sin embargo, ambos lo reclaman. Todo el mundo sabe que lo que sucede aquí es clandestino. No cuenta. No se permiten represalias.

Mis ojos regresan al edificio.

—¿Represalias por qué?

—Ya lo verás. Toma. —Se encoge de hombros y se saca la chaqueta—. Ponte esto. —Prosigue mientras me apresuro a obedecerle—: Cuando estás aquí, eres de mi propiedad.

La declaración me hace saltar por los aires y él lo nota.

—No en ese sentido. No te estoy poniendo collares.

Me llevo la mano al cuello; la cicatriz del vampiro es una marca suficientemente clara de propiedad. Grizz también lo piensa, su rostro se oscurece.

—No le perteneces. —Su mano me rodea el cuello como un collar viviente. Los dedos son ásperos en mi piel. Su cara se inclina hacia la mía y gruñe—. Te maltrató y yo intervine. Debería haberlo hecho antes. Lo habría hecho si lo hubiera sabido. Ahora estás bajo mi cuidado. Eso significa que cuando estemos aquí, te quedas cerca, callada, me sigues la corriente. ¿Entiendes?

—Sí. Como un protocolo.

Frunce el ceño.

—No estoy seguro de lo que eso significa, zorrita.

—Significa que quieres que me comporte de cierta manera y si no lo hago, habrá consecuencias. Alerta máxima para los dos.

Sus dedos gentilmente me acarician la cicatriz.

—La alerta máxima es correcta. Mi guarida es segura, no necesitamos protocolos. Aquí, un movimiento en falso podría ser peligroso. No te quería traer aquí, pero tampoco quería dejarte sola. Así que quédate conmigo y saldremos adelante. ¿Entendido?

—Entendido. Grizz... —Le cojo la mano—. Sé que me dijiste que no huyera. No es algo personal. Estoy ligada a Agustino. Yo... se lo debo.

—No le debes nada. Nada que yo vea. —Ahora me acaricia la mejilla y me cuesta respirar—. Está bien. Es tu forma de ser, lo estoy entendiendo. Sin embargo, voy a trabajar en ello. Tal vez si me debieras más a mí que a él, lo olvidarás, ¿sí?

Asiento tragando saliva con la garganta seca. Me gusta cómo suena eso. Mucho, demasiado. Ha declarado, a cada paso, que todo es solo un trabajo para él. No puedo confiar en él más de lo necesario.

Grizz sale y da la vuelta de nuevo hasta la puerta del pasajero. Se siente como si me estuviera atendiendo y no me agrada. He sido entrenada para servir, no para ser atendida.

Pero cuando abro mi puerta antes que él, gruñe.

—Espera, zorrita.

Está bien, claro. Le seguiré la corriente.

Me extiende la mano, yo la tomo y espero mientras recoge las bolsas de comida rápida y las deja caer en la caja de la camioneta. Nos dirigimos a través del aparcamiento tomados de las manos. Mordiéndome el labio, me apresuro para seguirle el ritmo, dando dos pasos por cada uno suyo. El lugar huele a metamorfos de todo tipo; sin embargo, mi zorra no se asusta caminando a la sombra de Grizz.

Mientras esperamos, llega un Camaro blanco con un tipo de cabello oscuro y un segundo con cabello canoso y mejor vestido. Para su rostro joven el pelo es prematuramente gris. El de cabello oscuro tiene un cigarrillo apagado y se parece un poco a James Dean. No me doy cuenta de que le estoy mirando hasta que me guiña un ojo. Me ruborizo y miro al suelo.

—Vaya, vaya —el tipo de cabello negro extiende sus manos como si fuera a abrazarnos. Su inglés acentuado es burlón—. El hijo pródigo regresa.

—Declan. —Grizz asiente con la cabeza al de cabello negro—. Parker. —El tipo de pelo canoso asiente con la cabeza y Grizz planta sus botas en el pavimento—. ¿Dónde coño está mi moto?

Declan ladea la cabeza.

—Ya viene. En cualquier momento. ¿Ya estás listo para la pelea? ¿Sabes que los lobos están enfadados contigo? Van a tratar de tenderte una trampa. —Es irlandés, me doy cuenta a medida que sigue hablando. El acento es irlandés.

—No estoy aquí para hablar de la pelea —se queja Grizz.

Gruñón Grizz, lo etiqueto en silencio. Tengo la sensación de que la mayoría de la gente conoce al gruñón Grizz. Soy la única que conoce su otra cara, lo cual me hace sonreír en el fondo, pero no dejo que se note. No con estos extraños. No puedo fulminarlos con la mirada como Grizz, pero me quedo con la cara impertérrita, pues soy bastante buena para ocultar lo que siento. Agustino se enfadaba cuando expresaba demasiadas emociones.

—Quiero mi moto y luego recibirás una propuesta.

—¿Una propuesta? No me han hecho una desde...

—Cállate, Dec —dice el de cabello canoso, Parker, y le da un codazo—. Grizz, la moto está llegando. De hecho —mira la entrada—, aquí está.

Efectivamente, un tipo que monta una gran Harley que ruge viene hacia nosotros.

—¿Quién es ese? —Grizz gruñe. Su cuerpo está todo duro. Me acerco a él y me pone una mano en la espalda. Me calma sin quitar los ojos de su moto.

—Ese es Laurie —dice Declan—. No te preocupes. Es de los nuestros.

—¿Por qué coño monta mi moto?

—Nos dijiste que la recogiéramos. Él es el único que podría manejar a ese monstruo. —Declan pone los ojos en blanco como si fuera obvio.

El tipo alto y delgado hace rodar la moto cerca de nosotros y baja el pie de apoyo, tambaleándose un poco con el peso de la motocicleta. Trastabilla cuando desmonta y Grizz se pone tenso como si fuera a correr y atrapar la moto antes de que se estrelle contra el pavimento. Le pongo una mano en la espalda para calmarle mientras el desgarbado piloto logra liberarse de la moto de Grizz y alejarse con la Harley erguida.

—La consiguió sano y salvo —dice Parker gentilmente, con un encendedor en la mano que prende y apaga.

—Además —agrega Declan, hablando con el cigarrillo apagado—. Tiene su propio casco.

El tipo delgado llamado Laurie se dirige hacia nosotros, se quita las gafas y el casco. Su cabello sobresale por todas partes y me trago una risita. Estos tipos son como los Tres Chiflados, solo que todos son escuálidos. Y cambiantes. Pero cambiantes extraños: no puedo reconocer su especie, y cada uno es diferente.

—Aquí. —Grizz le lanza algo a Parker, quien lo atrapa sin mirar—. Toma la camioneta, límpiala y deshazte de ella. Hay placas en la parte posterior. Limpia las huellas.

—Sí, sí —murmura Declan—. Conocemos el operativo. No nacimos ayer.

—¿Mencionaste otro negocio? —Parker pregunta.

—Sí. —Grizz todavía tiene los ojos puestos en la moto. Baja la cabeza y me susurra—: Trae las hamburguesas. —Y me da un empujón. Tendré que alejarme de Grizz, de vuelta a la camioneta. Una parte de mí quiere quedarse cerca de él.

Grizz mira hacia abajo y lo nota.

—Estarás bien —murmura—. Ve.

* * *

Grizz

. . .

A regañadientes, Jordy se da vuelta y trota hacia la camioneta. Mantengo los ojos en ella mientras hablo con Declan, Parker y Laurie:

—Necesito información.

—¿Quién es ella? —Parker pregunta después de echarle una mirada superficial. Es lo suficientemente inteligente como para no mirar boquiabierto a Jordy mientras estoy presente. Declan no es tan discreto.

—Se parece a Ana de Green Gables.

—¿Cómo lo sabrías? —Parker pregunta.

—Vi la película. —El irlandés se encoge de hombros.

—Eres un idiota. —Parker sacude la cabeza.

—Joder. Es un clásico.

—Ey —intervengo antes de que empiecen a pelear. Jodidos cambiantes raros. Pero tienen oídos en todas partes. Y los necesito—. Centraos. Tengo un trabajo para vosotros y pagaré.

Jordy regresa con las bolsas blancas gigantes.

—Gracias, nena —le digo y ella resplandece.

Sostengo la bolsa de hamburguesas.

—Jackpot —Declan se alegra. Laurie alcanza la bolsa pero la sostengo fuera de alcance—. Primero, discutimos los términos.

—No puedes comprarnos con hamburguesas —señala Parker.

Le entrego las hamburguesas a Laurie, que se retira detrás de sus dos amigos.

—También hay pago. Un par de los grandes. Tal vez más, si consigo lo que quiero.

—¿Y qué es?

—Los vampiros usan a cambiantes como alimento. Quiero saber quién los está suministrando y por qué.

—¿Es todo? —Declan se burla—. ¿Por qué no pedir la luna?

—¿Frangelico sabe de esto? —Parker pregunta.

—Frangelico aprobó mi búsqueda. Estoy investigando a los vampiros. Necesito ayuda. Todo lo que sepáis sobre los esclavistas.

—Quieres que nosotros hablemos con los lobos —agrega Parker, dándose cuenta rápidamente—. Sabes que ninguno hablará contigo. No después de que te pusiste del lado de los vampiros.

—No me puse del lado de los vampiros...

—Al diablo con que no lo hiciste —espeta Declan, su acento sale duro.

—Necesitas más que nuestra ayuda para hablar con los cambiantes. Si vas a hurgar por aquí, necesitas una amnistía. Es hora de acudir a Garrett y humillarte —señala Parker.

Mi respuesta es un gruñido.

—Vamos, Grizz —dice Declan—. Entraste en territorio de lobos y los enfadaste. Odian eso. Ni un oso pardo, grande y fuerte, puede enfrentarse a toda una manada de lobos. Aunque tengas amigos vampiros.

—Los vampiros no son mis amigos.

—Solo tu empleador lo es —señala Parker.

—Trabajo con Frangelico —me encojo de hombros—. ¿Y qué? Soy un luchador. Se me permite tener un segundo empleo.

Parker niega con la cabeza.

—La guerra se acerca. Tienes que elegir un lado. Lobos o vampiros.

—Ninguno.

—Eres un desperdicio de un buen luchador. —Parker sacude la cabeza.

—Mira, no tengo tiempo para esto.

—Sí, estás demasiado ocupado cumpliendo las órdenes del rey vampiro —murmura Declan.

Le fulmino con la mirada.

—Quiero que terminen las muertes.

—¿Las muertes de drogadictos? ¿Los humanos? —Parker pregunta.

—Creo que los vampiros están involucrados en eso, así como en el robo de cambiantes.

—Sabemos que lo están. —Declan cruza los brazos sobre su pecho—. ¿Y qué?

—Así que algo está pasando. Frangelico quiere que los detenga.

—¿Te va a enviar tras su propia gente?

—Ya lo ha hecho, porque están rompiendo las reglas, dejando cadáveres humanos por ahí. Secuestran y mantienen a los cambiantes por alguna razón. Voy a averiguarlo, y si me ayudáis, lo descubriré más rápido. Los detendremos.

—¿Crees que el robo de cambiantes y las muertes de los humanos se relacionan? —Parker pregunta—. ¿Por qué?

Me encojo de hombros.

—Acabo de tener un presentimiento. Creo que los vampiros eran adictos a los humanos y ahora van a por los cambiantes. Quiero saber por qué. Los humanos son presas más fáciles. ¿Por qué ir por los metamorfos?

—¿Quién sabe por qué los vampiros actúan como lo hacen? —Declan sacude la cabeza.

Parker mueve el encendedor pensativamente.

—Tal vez la sangre cambiante sea más potente. —Su mirada se centra en Jordy—. ¿Es ella una de las dulces cambiantes?

Gruño, me muevo para colocarme frente a Jordy, bloqueando la vista que Parker y Declan tienen de ella.

—Déjala fuera de esto.

Los dos inadaptados metamorfos intercambian miradas pero no dicen nada. No me gusta. Haciendo un gesto a Jordy, la pongo delante de mí y la presento.

—Ella es Zorrita —digo. No quiero usar su nombre real y ponerla en riesgo—. Está bajo mi protección.

—¿La reclamas? —Declan pregunta y Jordy exhala un suspiro.

—En lo que respecta a ti o a cualquier otro cambiante, sí. Cuando ella está aquí, está conmigo. Cuando no lo esté, olvida que existe. ¿Entiendes?

Ambos murmuran que entienden, pero no se ven contentos.

—Sabes algo que no nos estás diciendo —acusa Parker.

—Tal vez. Quizá no. Ayúdame, consígueme información y te diré más. —Apoyo mis manos sobre los hombros de Jordy—. Puedes negarte a ayudarme. Pero hay más en juego que nuestro orgullo.

Declan maldice.

—De acuerdo, Grizz —dice Parker—. No tenemos nada que perder. Te ayudaremos. Termino este recado con la camioneta y averiguaré lo qué podamos sobre los esclavistas de cambiantes. Pero cuídate las espaldas. Andas hurgando en Tucson, a la manada de Garrett no le va a gustar.

—Manejaré a los lobos. Demonios, iré a hablar con ellos ya mismo. —Señalo el almacén al final del terreno.

—No lo hagas. —Declan se saca el cigarrillo de la boca y finge que echa humo. Todo el hecho de fumar un cigarrillo apagado es jodidamente extraño, pero cuando trabajas con estos tres, extrañeza es lo que obtienes—. Eres *una persona non gratinada en* este momento.

—*Persona non grata* —corrige Laurie en voz baja desde su lugar al lado del coche.

—¿Qué?

—*Non grata* —dice Parker—. Dijiste *gratinada*. Gratinada es una salsa de queso.

—Tengo hambre, está bien. —Declan levanta las manos —. *Jaysus*.

Me aclaro la garganta.

—Como iba diciendo, los lobos no me echarán. En cuanto les diga que quiero terminar con las muertes humanas y los secuestros de cambiantes, cosas que traen problemas a nuestra comunidad que aplica la ley, me recibirán con los brazos abiertos.

—Adelante, entonces, hazlo. —Declan señala con la barbilla el edificio del club de lucha de cambiantes—. No lo veo. —Se sube al capó del Camaro, toma una bolsa grasienta y saca una hamburguesa—. Cena y espectáculo.

—¿Vas a comer con ese cigarrillo en la boca? —Parker le dispara y Declan arquea las cejas.

—¿Y qué pasa si lo hago?

Se meten en sus disputas habituales.

—Vale —murmuro. Tan entretenido como es el espectáculo de monstruos que conforman Declan, Parker y Laurie, no voy a quedarme a verlo. Es demasiado largo y no tiene intermedio. De hecho, nunca termina.

Empiezo a caminar hacia el almacén del Shifter Fight Club, llevando a Jordy conmigo.

—Mantente cerca, zorrita —le digo con la mano apretada en la nuca. Se siente bien tocarla—. Sígueme la corriente.

Jordy no contesta, pero su cuerpo responde al mío pisándome los talones, pensando en lo que necesito que haga. Va alerta, atenta. Completamente en sintonía. Diablos, es absolutamente perfecta.

Se queda un paso atrás mientras camino hacia la puerta

del club de lucha donde solía trabajar, hasta que la manada de lobos de Tucson descubrió mi empleo con los vampiros. No quise decirles nada. Frangelico acababa de ofrecerme un mejor trato, la oportunidad de completar mi misión.

Disminuyo la velocidad cuando me acerco a la puerta del club, una nueva y de aspecto robusto. La última vez que la vi, tenía un precinto amarillo encima. Alguien ha limpiado el sitio desde que no estoy aquí, pero se siente familiar. Mi oso piensa en este lugar como su hogar, y aun cuando los lobos piensan que los traicioné, pertenezco aquí.

Jordy permanece un paso detrás de mí cuando me acerco mirando de derecha e izquierda. Un grupo de moteros punk aparca junto a la valla metálica, hablan y pasan el rato antes de que abra el bar. Hay metamorfos felinos que distingo por el olor. Aun si no pudiera olerlos, la forma en que se preocupan con sus chaquetas de cuero de colores y cómo se peinan constantemente el cabello me indicaría que son un montón de gatos. Ni siquiera montan motos de verdad, solo las lujosas de alta velocidad, lo que probablemente los convierta en guepardos. Los guepardos viven para la velocidad.

Apenas me miran cuando Jordy y yo llegamos a la puerta del club de lucha. Antes de que pueda alcanzar el picaporte, la puerta se abre y un cambiante gigantesco se cierne frente a mí con fulgurantes ojos verdes que se clavan en los míos. Este tipo es enorme y su animal es más grande, listo para salir. El contacto visual directo con un oso bravucón como yo es un desafío directo. Como la capa roja para un toro.

—Oye. —Me mantengo firme pero no ofrezco ofensa—. ¿Están Jared o Trey dentro?

—No. ¿Quién demonios eres?

—Alguien que quiere hablar con un lobo.

—No hay lobos aquí. —Sus ojos feroces me miran de arriba abajo, midiéndome—. Al menos, no para personas como tú.

Insultos, genial.

—¿Quieres una pelea conmigo? Apúntate. —A mi oso le vendría bien una pelea.

Por el rabillo del ojo, capto un destello de pelo castaño rojizo. Jordy. Joder, no quiero que se involucre en esto.

—Listo cuando lo estés. —El tipo se cruza los brazos sobre el pecho y sus ojos se encienden. Mucha masa muscular y un animal que apenas se contiene. No estoy seguro de qué especie, pero huele peligroso.

—O podrías dejarme pasar.

—Tengo órdenes. No se permiten osos. De hecho, los lobos dijeron que si aparecía el bastardo, o sea tú, y querías una pelea, podría derribarte.

—¿El bastardo? ¿Es así como llamas a tu animal? —Sacudo la cabeza con lástima simulada. A mis espaldas, le hago señas a Jordy para que se vaya. Retrocede lentamente, sin llamar la atención. Buena chica—. Soy un luchador y tengo una pelea mañana —le digo al portero—. ¿Me vas a impedir entrar entonces? Tengo derecho a estar aquí.

Sacude la cabeza y huelo su olor. Algo afrutado: ¿plátanos?

—Gorila —murmuro y los ojos verdes se estrechan—. Está bien, hombre mono, ¿tomas dictado?

—¿Qué?

—¿Puedes leer y escribir? Voy a dejar un mensaje.

—Vete a la mierda.

—¿No quieres saber el mensaje?

El gorila comienza a alejarse para cerrar la puerta. Antes de que pueda, le doy un puñetazo en la cara.

Se recupera en una fracción de segundo y viene rugiendo tras de mí. Bailo hacia atrás.

—¿Quieres más? Apúntate para enfrentarme en la jaula. De animal a animal.

—Me hablaron de ti —escupe—. Estás aliado con las sanguijuelas. Luchas para ellos.

—Lucho por quien me paga.

—Traidor de especies.

Al diablo esto.

—¿Quieres ir, amante de plátanos? Vamos. —Es grande, pero no es la bombilla más brillante de la caja. Será fácil.

El gorila se detiene en seco. Prácticamente puedo ver el momento en que tiene una idea.

—Oigan —grita a los cambiantes felinos—. ¿No mordieron a una de tus hembras la semana pasada?

Joder.

El guepardo jefe, un tipo con la cara llena de *piercings* y una cresta negra se acerca deprisa. Es delgado pero no escuálido.

—Ninguna de las nuestras. Protegemos a las nuestras.

—Sin embargo, era una felina. —Otro apunta—. Una rara. Lince o algo así.

—Sí. Y un vampiro la mordió. —dice el gorila.

—¿Sí? ¿Entonces? —Al cambiante felino se le ponen los pelos de punta como si estuviera en forma animal, cabreado.

—Este tipo trabaja con los vampiros. —El gorila me señala. Le gruño y me muestra los dientes. No son romos como un gorila normal. Son afilados como el depredador que es.

—Idiota —murmuro mientras los cambiantes felinos se dirigen desde sus motos hacia mí.

—No eres tan valiente cuando las probabilidades están en tu contra —se burla el gorila.

—Quince a uno no es una pelea justa —murmuro y retrocedo hasta llegar a Jordy—. Zorrita, prepárate para correr.

—Grizz —me agarra. La manada de guepardos se dispersa y comienza a flanquearme. No puedo permitirlo hasta que Jordy se vaya.

Meto la mano en la chaqueta que lleva puesta, saco la petaca, desenrosco la tapa y tomo un trago.

—Ahora. Dirígete al Camaro. —Le doy un empujón. Declan, Laurie y Parker todavía están en medio del aparcamiento, mirándonos. Me cubrirían las espaldas, pero son más pequeños que la mayoría de los cambiantes. Sus animales están rotos. No son exactamente material de combate, pero sé que protegerán a Jordy.

Me vuelvo hacia el guepardo principal y gruño bastante fuerte como para hacerle retroceder un paso.

—¿Sabes que puedo derrotarte?

—No a todos nosotros. —Sus ojos se encienden. Joder, estoy rodeado de locos cambiantes—. ¿Tú, el oso pardo?

Me enderezo.

—Soy un oso pardo. Uno de ellos. Somos depredadores supremos. No es exactamente una especie en peligro de extinción. Al menos, no como los guepardos.

Muestro los dientes.

—Eso es gracioso. Hay un grupo de nosotros y solo uno de los tuyos. Ahora, ¿quién es la especie en peligro de extinción?

Uno de los guepardos se separa del resto y se dirige a Jordy. Joder. No.

—Déjala en paz —gruño justo cuando el gato bloquea el camino de mi zorrita.

—¿Tú con él? —Él se agacha, poniéndose de frente a ella—. ¿Tú, con el oso pardo?

Jordy me mira con los ojos muy abiertos.

—Hueles como él. —Él la agarra y ella protesta.

Ay, demonios, no.

—¡Quita tus manos de ella! —Me dirijo hacia el tipo que tira de Jordy. Ella lucha, intentando liberarse.

La manada se acerca. Agarro el primer cuerpo frente a mí y lo saco del camino. Sale volando, tres más toman su lugar. Con un rugido, embisto hacia adelante.

Me empujan, pero tengo un arma secreta. Levanto mi petaca y la bebo. El poder golpea mis células. Antes de que mi visión se vuelva negra, invoco a mi oso.

* * *

Jordy

Un ruido repentino como el viento y un pelaje marrón brotan de la piel de Grizz. Su animal explota para salir de él, destrozando su ropa. Los guepardos salen corriendo mientras las patas gigantes del oso sacuden el pavimento, enviando un miniterremoto que ondula por el aparcamiento. El asfalto negro se agrieta.

El guepardo que me retiene se queda inmóvil mirando cómo sus amigos se arrancan las chaquetas y se trasmutan. Le muerdo con fuerza y él gruñe, agarrando mi cuello y levantándome por encima de su cabeza. Le doy una patada en la entrepierna, entonces me suelta y me alejo. Tomo una bocanada de aire a través de mi garganta magullada, ahogándome un poco, y me escabullo lejos de él lo más rápido que puedo.

Alrededor, los moteros de estilo retro caen de rodillas y se contorsionan hasta que sus felinos emergen. Son más grandes que cualquier guepardo natural, con dientes de tigre como los de sable. Saltan sobre Grizz.

—¡No! —grito cuando alguien me agarra del brazo. Lucho salvajemente y otra mano me sujeta el otro brazo.

—Está bien, somos nosotros. —Declan me empuja hacia el Camaro—. Estamos de tu lado.

—No, no puedo dejarle. —Trato de clavar los pies en el pavimento.

—No lo harás. Solo tenemos que ponerte a salvo.

Detrás de nosotros, el oso pardo brama mientras un felino tras otro saltan sobre Grizz y el enorme gorila se ríe, colgado de la valla metálica.

—¡Tenemos que ayudarle!

—No es nuestra lucha, muchacha. —Declan tira de mí los últimos metros—. Quédate aquí.

Me muerdo el labio deseando ser más fuerte, más rápida, más dominante. Hasta ahora, Grizz ha aplastado a la mayoría de los felinos. Es una locura. El oso es completamente superado en número... y está ganando.

—Nunca he visto nada igual —susurra Declan a mi lado cuando Grizz se da vuelta y derriba a un atacante. Otro movimiento, demasiado rápido para seguir, y más guepardos yacen gimiendo en el asfalto negro. Grizz lanza a los felinos como si fueran huecos. Y...

—Se mueve tan deprisa que se desdibuja —dice Parker.

El gorila ruge de frustración cuando caen más guepardos.

—Uh, oh —murmura Declan y mi corazón se paraliza. Cinco guepardos se agachan detrás de Grizz, esperando para asaltarle. Dos más corren hacia el oso, que los desvía fácilmente. Pero da un paso atrás, directo a la trampa.

—¡No! —me quejo. Cinco felinos saltan sobre Grizz a la

vez. Uno se le sube a la espalda, le clava las garras y le echa la cabeza hacia atrás para una mordida asesina.

—¡Le van a matar! —grito—. ¡Haced algo!

—Maldita sea —murmura Declan y le grita a Parker—. ¡Acaba con esto!

El metamorfo canoso está encima del Camaro.

—¡Viene la policía! —grita. Los pendencieros animales no se dan cuenta.

Un silbido perfora el aire. Los felinos chillan y me tapo los oídos, deseando que Declan me advirtiera que iba a silbar.

Parker repite:

—La policía está llegando.

—¡Policía! —uno de los moteros retoma el grito. Suelta otro grito y sus amigos dejan de maltratar a Grizz.

—¡Policía! —Declan grita—. ¡Sálvese quien pueda!

Los guepardos giran la cola y huyen.

Grizz se levanta con el pelaje manchado de rojo y cojea, pero todavía está vivo. El gorila ruge y salta de la valla para aterrizar a pocos metros de distancia de Grizz.

—No va a dejar que Grizz se vaya sin luchar —dice Parker—. No tengo tiempo para esto. La policía está por llegar.

—Joder, ¿realmente la llamaste? —Declan jadea.

—Sí —dice Laurie desde el asiento del pasajero del Camaro. El irlandés maldice y me agarra.

—Llámale —ordena.

—¿Qué? —Me quedo boquiabierta.

—Llámale —repite Declan, y me da algo. Es el casco que llevaba Laurie—. Llama a Grizz. ¡Ahora!

—¡Grizz! —grito. El gran oso camina de un lado a otro, esperando que el gorila ataque—. ¡Grizz, viene la policía! ¡Tienes que venir! Vuelve conmigo.

Grizz se da la vuelta y comienza a encogerse. El gorila se abalanza pero en el último segundo, Grizz gira. De repente, el gorila queda en el suelo, encogiéndose de nuevo en un cuerpo humano.

—¡Vamos! —grita Declan cuando las sirenas se intensifican a nuestro alrededor—. ¡Ahora!

El oso corre hacia nosotros. El pelaje se retira de la piel ensangrentada y luego es solo Grizz corriendo hacia mí y la moto.

—Estás desnudo, hombre, toma. —Declan le entrega un par de pantalones de chándal. Me quito la chaqueta de cuero y hago una mueca de dolor cuando Grizz se encoge de hombros sobre su torso ensangrentado. Mete los pies en los Timberlands y balancea una gran pierna sobre su moto.

—Súbete —ordena y se me estremece la piel con su dominio. Con el casco asegurado en mi cabeza, me subo detrás de Grizz y me agarro de su chaqueta.

—Brazos alrededor de mí —dice, y gruñe cuando vacilo. No quiero hacerle daño, pero cuando pongo mis brazos tentativamente alrededor, me tira cómodamente hacia su espalda.

—Aprieta, zorrita —ordena y arranca la moto. El motor se pone en marcha y nos alejamos a toda velocidad, siguiendo al Camaro blanco por una ruta de escape sinuosa, fuera del distrito de almacenes.

Giramos hacia la carretera principal un segundo antes de que un camión de bomberos llegue, parpadeando en rojo y volando hacia el club de lucha mientras hacemos nuestra escapada en la dirección opuesta.

Capítulo Seis

Grizz

La moto ruge mientras avanzo entre coches, yendo cada vez más deprisa. Los dedos de Jordy se clavan en mí, pero no aminoro la marcha. Tengo que llevarla a casa, ponerla a salvo antes de que la energía desaparezca de mis venas dejándome demasiado débil para defenderla. Huir del peligro siempre es difícil.

Al menos no nos persiguen. Por si acaso, cambio de carril y giro hacia una calle lateral.

Para cuando mi motocicleta ha subido por mi montaña, la rabia al rojo vivo que hierve a fuego lento en mi sangre se ha apaciguado. Apago el motor y me desplomo con las extremidades pesadas y frías. Mi estómago es una masa de nudos. Cuando peleo, me lleno de adrenalina y después de que se va, no queda nada.

Mi visión se nubla un momento. Lucho a través del fango de mi propia conciencia, de vuelta a la realidad, de vuelta a la vida. Había algo que tenía que hacer...

Un ligero peso se mueve detrás de mí y levanto la cabeza. Jordy. Tengo que sacarla de la moto, ponerla a salvo.

—¿Grizz? —Jordy me llama, parada a mi lado ahora. Estoy perdiendo segundos, tiempo.

Parpadeando, sacudo la cabeza.

—Adentro. Ahora.

Me bajo de la moto, doy unos pasos y me tambaleo.

—¡Grizz! —Jordy se pone a mi lado, apoyándome, ayudándome a caminar. No está bien. Yo debería estar ayudándola a ella.

—Adentro. Tengo que ponerte... a salvo... —Tengo la lengua ta hinchada que me llena la boca, haciéndome murmurar.

Las llaves tintinean y la puerta se abre, el aroma familiar de mi guarida me abraza. Ya casi he llegado. Avanzo y caigo de rodillas antes de llegar a la cocina.

—Grizz, ¿qué pasa? —La voz de Jordy es aguda—. ¿Qué necesitas?

—Estoy saliendo de la pelea. Estoy... bien. —No sé si estaré bien. Nunca ha sido tan malo antes.

—Está bien, recuéstate. —Sus manos me acarician el cuerpo. Algo amortigua mi cabeza. Me quita las botas—. Grizz, ¿puedes oírme? ¿Puedo traerte algo?

—Carne —gimo y me lamo los labios—. Agua.

Un sonido apresurado y vuelve para sostenerme el borde frío de un vaso en los labios.

—Bebe esto. —Respira con jadeos frenéticos. Le doy palmaditas en la pierna. Quiero que sepa que estaré bien. El agua corre por mi garganta y me limpia los pulmones. Puedo respirar. Sí, eso es—. Toma —dice Jordy. Su voz es rara. Siento la sangre en los labios y gruño agarrando el trozo de carne que encontró medio congelado, pero a mi oso no le importa. Lo rasgo y lo roigo, volviendo lentamente en mí. Estoy tumbado en las baldosas boca arriba, con mi chaqueta de cuero debajo de la cabeza y Jordy arrodillada cerca de mí. Me da más agua cuando se lo pido y otro trozo de carne.

Levanto el brazo con pesadez, encuentro su cara con mi mano y le cubro la mejilla, frunciendo el ceño ante la humedad que encuentro allí.

—No pasa nada —murmuro con la lengua hinchada—. Solo dame un segundo. Estaré bien enseguida.

—Shhh. —Agarra mi mano en su cara—. Vale. Estoy aquí. —Más allá de ella tiene la puerta abierta de mi casa. Podría salir fácilmente e irse, regresar con su amo, pero no lo hace.

—Quédate conmigo —murmuro. No tengo fuerzas para ordenárselo.

—Por supuesto —susurra y dejo que mi cabeza ruede hacia atrás cuando pierdo el conocimiento.

* * *

Vuelvo en mí, por etapas. Hay algo mullido debajo de mi cabeza, más mullido que la chaqueta de cuero. Una almohada. Un ligero cuerpo me aprieta las costillas doloridas. Un aroma encantador flota hasta mi nariz. Es Jordy tumbada a mi lado, y a mi oso le encanta.

Siento calor, demasiada calor. Algo que huele a vampiro nos cubre. Con un gruñido, arranco la manta que encontré en la jaula de Jordy y la arrojo al otro lado de la sala. Aterriza junto a la puerta. La quemaré más tarde. No quiero volver a oler a ese vampiro.

En el suelo, me encuentro a medio camino entre la puerta y la cocina, mi chaqueta cuelga en su gancho y las botas están cuidadosamente puestas debajo. Mi cuerpo es una masa de dolor que me quema y lo peor es la mordedura en la pierna y otra en el hombro. Malditos felinos. Tan pronto como pueda moverme, voy a enjuagarme muy bien las heridas.

Mientras tanto, voy a permanecer tumbado aquí y a agradecer a mis estrellas de la suerte que las cosas acabaron como salieron. Eso fue lo más difícil que he enfrentado en peleas. Además, me curo más lentamente, mi cuerpo tiene que recuperarse en más de un sentido. No es una buena señal. Tendré que tener más cuidado en el futuro.

Soy el oso más afortunado del mundo, no porque sobreviviera a la pelea, sino por el cálido peso que me arropa. Jordy me tapó, me alimentó y me dio de beber, hasta hizo una cama en las baldosas y se tumbó a mi lado.

Podría quedarme aquí tumbado para siempre, malditas sean las costillas doloridas.

Con un breve ruido, Jordy levanta la cabeza con ojos preocupados bajo la maraña de su cabello.

—Hola —susurra. Sonrío y acaricio las hebras rojizas—. ¿Estás bien?

—Mucho mejor. —Mi voz es profunda como una tumba.

—Estabas tan fuera de ti. —Se muerde el labio—. Me preocupé.

—No quise asustarte, zorrita. —Joder, ¿estuve inconsciente por un par de horas? Eso es lo peor, por mucho.

Jordy se queda quieta acurrucada en mi costado, con la cara pecosa hacia la mía, mientras le acaricio el pelo hacia atrás. Cuando dejo caer mi mano, se agita.

—Aquí. —Se levanta y se dirige al fregadero, trae un gran vaso de agua. Me siento y bebo mientras se queda agachada a mi lado.

—Gracias.

—¿Quieres comer algo?

Asiento.

—Eso sería bueno.

—¿Quieres algo de carne?

—Nada congelado.

Me suelta una pequeña sonrisa sobre el hombro cuando se dirige a la cocina de nuevo.

—Saqué un montón del congelador, lo puse en el fregadero para que se descongele.

Me siento mientras va y viene, primero con un trozo de filete, luego volviendo a llenar mi vaso de agua. No hace ningún comentario cuando encuentro nuevas fuerzas y me levanto sobre las piernas tambaleantes. Parezco un cervatillo recién nacido, pero gimo cuando me doblo como un anciano. En silencio, me sirve otro plato de carne. La como cruda pero me sienta bien. Tengo que reponer la energía que la lucha me quitó. Se siente como si tuviera un agujero en el cuerpo.

Todo el tiempo que mastico, no le quito los ojos de encima. Jordy me prepara otro plato y calienta algunas sobras cocidas para ella. Cada movimiento, fluido y elegante, es como si fuera una danza coreografiada. ¿Agustino la hizo servirle a él y a sus amigos de esta manera? Probablemente. El pensamiento me asfixia. Jordy da vueltas con los ojos muy abiertos y rápidamente bebo un poco de agua y trago el bocado. Solo cuando le indico que todo está bien vuelve a lo que estaba haciendo. Tan atenta, tan bien entrenada. Supongo que debería estar agradecido con Agustino, pero solo quiero matar al bastardo.

—¿Necesitas algo más? —Jordy pregunta. Espera hasta que niego con la cabeza para dejar su plato y sentarse en la silla junto a mí. Me sorprende mirándola fijamente y se queda inmóvil—¿Estás bien? —Su voz es musical, dulce.

—Sí, zorrita. Eres buena. Siéntete como en casa.

Mordiéndose el labio, mira alrededor de la cocina.

—Ya lo hago.

—Bien —le digo con firmeza y le doy palmaditas en la rodilla. Me gusta que esté cerca de mí. Demonios, la quiero en mi regazo, pero mi cuerpo todavía se regenera. Ha pasado mucho tiempo desde que alguien se preocupó por mí de esta manera.

Jordy termina antes que yo esperando con la mirada baja. Sigo la línea de su visión y noto mis nudillos ensangrentados. Cielos, todo mi cuerpo es una masa de cortes y moratones. Sin embargo, la carne que comí me ayuda. Estoy empezando a sanar. Con una noche de sueño profundo, volveré a estar de pie.

Cuando Jordy se levanta, despeja la mesa. Todavía viste esos monos ridículos, pero no ocultan la deliciosa curva de su trasero.

—Hola, zorrita. —La agarro del brazo cuando pasa, se queda quieta y no me mira—. Lo siento. Lamento desmayarme así.

Algo parpadea en su rostro, pero desaparece inmediatamente. No se esperaba una disculpa. Confío en que se dé cuenta de lo jodidamente raro que es. Por lo general, no actúo como si tuviera a alguien a quien responder.

Ella se vuelve completamente hacia mí.

—¿Es la lucha lo que te puso así?

Sopeso los costos de decirle la verdad por un segundo y opto por una mentira parcial.

—Sí.

—Estuviste asombroso. Tan rápido. Parker y Declan dijeron que nunca habían visto algo así. —Se muerde el labio como si no estuviera segura de si debió habérmelo dicho.

—Hice lo que tenía que hacer.

—Fue increíble —dice—. Fuiste tan rápido que ni

siquiera pudimos ver la mitad de tus movimientos. No te veías real.

Me encojo de hombros.

—Estaba oscuro. —En realidad no, pero tengo que detener esa línea de pensamiento.

—Fuiste más rápido que cualquier cambiante.

—¿Has visto pelear a muchos cambiantes? —me burlo.

—Sí, esta noche. Te enfrentaste a una manada completa y casi ganaste.

—En realidad no.

—Podrías haberlos vencido —insiste.

—No se sabe —descarto.

—Sé lo que vi. —Su voz se vuelve suave mientras cavila —. Te difuminaste. Fuiste tan veloz que te desdibujaste. Las únicas otras criaturas que conozco que pueden difuminarse así son... —No lo dice, pero escucho el final de la oración, de todos modos. *Las únicas criaturas que pueden difuminarse así son los vampiros.*

—Soy rápido, es todo. —Mentira, mentira, mentira. Por la expresión de su rostro, ella también lo sabe. Pero no me corrige. Demasiado bien entrenada. Por Agustino. Gruño.

—Gracias por la cena. —Todavía está oscuro, así que no pudo ser el desayuno todavía.

—Es tu comida. Solo la serví.

—Me cuidaste, zorrita. —Cuando me quito la camisa, ella jadea.

—¡Estás herido!

—Sí, zorrita. Luché contra una manada de felinos. —Reviso el lugar donde la garra se clavó en mí. No hay sangre pero no se cura tan rápido como de costumbre. Mi organismo todavía lidia con los efectos de la pelea.

—Necesitas un vendaje. —Jordy se inclina hacia mí y mi

erección salta cuando inspecciona la herida, cuando su respiración ilumina mis abdominales. No puedo evitar extender la mano y llevarle el cabello hacia atrás para verle el rostro.

Es entonces cuando veo el moteado púrpura sobre su clavícula, alrededor del cuello.

—Qué carajo —gruño—. Tienes moratones nuevos en la garganta. —Tomo su cabeza en mis manos para examinarla.

Se muerde el labio pero se queda quieta.

—Grizz, por favor. No es nada.

—No parece nada. Parece que alguien trató de ahorcarte.

—Fue uno de los felinos. Me agarró y un poco... me puso la mano alrededor del cuello. —Ella levanta la mano para demostrarme.

Mi oso retumba profundamente en mis entrañas. Le mataré. Agarrando el cabello de Jordy, le giro la cabeza de un lado a otro, memorizando el lugar de los moratones. El patrón. El felino morirá con las mismas marcas alrededor del cuello.

—Han pasado horas. ¿Por qué no te estás curando más rápido?

Ella duda.

—Los cambiantes presas se curan más lentamente.

Me siento como un imbécil. Jordy me cuidó y todo lo que noto es lo buena que está. Cuánto quiero tirármela. No la estoy cuidando como debería.

Es hora de rectificarme. Ya mismo.

—Dúchate. —Le suelto el cabello para que pueda ponerse de pie—. Tú vas primero.

—Estás peor herido —murmura—. Tal vez deberías...

Niego con la cabeza.

—Las damas primero. Mi mamá me educó bien. —No agrego que me habría dado una paliza por no cuidar mejor de Jordy y ofrecerme antes—. Vamos. —Me dirijo al baño y abro la ducha. Jordy espera junto a la puerta y le hago señas para que entre.

—No puedo —dice, con ojos abatidos—. Por favor, déjame atenderte.

¿Atenderme en la ducha? Esa es una buena idea.

¡No! ¡Basta, oso malo!

—Desnúdate —ordeno.

Sus manos vuelan hacia su camiseta y se detienen, sus ojos se encuentran con los míos.

—Así es —le digo antes de ponerme de espaldas para darle privacidad—. Quítate la ropa, luego ve a la ducha. —Cierro los ojos ante el sonido de la ropa al caer. Recuerdo cada curva de su hermoso cuerpo. Quiero tocar toda esa piel de alabastro. Averiguar dónde están sus puntos sensibles. Aprender lo que la hace zumbar.

Demasiada tentación.

—Te conseguiré ropa. —Salgo del baño.

* * *

Jordy

Cierro los ojos dejando que el agua tibia caiga en cascada sobre mi cara. Las duchas son tan buenas, pero escasas para mí. La mayoría de las veces, Augustino solo me lavaba con una manguera en el patio trasero. Realmente me rebajaba tratándome como a una mascota.

No fue hasta que conocí a Grizz que me di cuenta de lo disfuncional que era mi amo. Claro, me gustaba algo de eso, aunque nunca me tratara como a un igual. Para él yo era un animal. Una mascota. O ni siquiera eso, solo un juguete, una fuente de alimento, un objeto para usar y tirar.

Hubo un tiempo en que era más amable. Cuando pensé que podríamos ser más. Pero entonces...

Las cicatrices de mi pecho me pican con el recuerdo. Ojalá supiera qué pasó esa noche. Cómo me esforcé tanto pero aún así le disgusté. *Inútil,* me llamó. Nunca antes había sido tan cruel.

Un golpe en la puerta corta el hilo de mis pensamientos y me sobresalto.

—Aquí está tu ropa, zorrita.

Grizz me llama *zorrita.* Nunca antes había tenido un apodo bonito. Me gusta.

Cierro el agua con cuidado. No me afeité las piernas pero siguen estando bastante tersas.

Cuando salgo, Grizz reproduce mensajes en el teléfono de su casa que se oyen en el altavoz, pero aun si no lo usara, podría escuchar cada palabra. No porque mi audición de cambiante sea tan buena, sino porque la persona que dejó el mensaje grita desaforada:

"¿De todas las malditas cosas estúpidas que hacer, llamas al departamento de bomberos? No necesitamos ese tipo de publicidad".

Grizz presiona un botón y el mensaje se detiene cuando me acerco. Intento no hacer ruido pero no hay que acercarse sigilosamente a él. Eso o me estaba esperando. Me sonrojo cuando me mira de arriba abajo. Tengo el cabello húmedo porque no hay secador de pelo y me lo peiné hacia atrás tan cuidadosamente como pude. Llevo una camiseta de Grizz de gran tamaño y ropa interior limpia. Alguien debe haber puesto las cosas que compramos en los compartimentos de la moto. Uno de los cambiantes tontos que conocimos, Declan o Parker.

—Me olvidé de ponerme el pijama —le digo, lo cual ya notó. Su mirada me recorre y se queda fija a la altura del pecho, donde los pezones están duros, visibles.

—Está bien —dice con voz grave, y vuelve a escuchar el mensaje.

"Soy Garrett", dice la grabadora de voz, y crepita cuando Garrett inmediatamente se lanza a despotricar sobre lo que sucedió en el aparcamiento del club de lucha. Haciendo una mueca, Grizz le escucha. Suspiro cuando los gritos de la furia se detienen y Grizz me mira con ojos entrecerrados.

—Hice algo de ruido esta noche —acota.

—No fue tu culpa.

—No importa. Me culpan por ello. Mi teléfono explota.

—¿Realmente apareció el departamento de bomberos?
—Exponernos a los humanos de esa manera sería una sentencia de muerte para mi clan. Tal vez sea diferente para los cambiantes depredadores.

—No. Laurie es muy inteligente. Reportó un incendio en dos almacenes. Fue solo un camión de bomberos. Sin embargo, la manada fue rápidamente y limpió la escena.

Me estremezco.

—Había mucha sangre.

—Sangre, ropa destrozada, pelaje... Los humanos definitivamente harían preguntas si lo encontraran. La manada, sin duda, limpió el aparcamiento. Garrett probablemente los tendrá fregando toda la noche. Aún así, estuvo cerca.

—Sí.

—Entiendo por qué está molesto, realmente le entiendo. —Grizz presiona un botón y la máquina anuncia *mensaje eliminado*—. El club de lucha está dirigido por lobos, pero ha llamado la atención con problemas anteriores. —Sacude la cabeza—. No es un buen momento para ser un cambiante. Cada vez es más difícil esconderse de los humanos.

—Sí. —murmuro—. Mi clan solía decirlo todo el tiempo. Por eso me vendieron.

—Oye. —Me pone un dedo debajo de la barbilla y la inclina hacia arriba—. No te lo merecías.

—Gracias por decirlo —susurro. Parece que quiere agregar más, pero niega con la cabeza y se aleja. Me marchito sin su contacto.

Suelta un suspiro mientras se quita la camiseta negra.

—Oh, no —exclamo. El cuerpo de Grizz es un desastre. La garra rota que se sacó fue solo el comienzo.

Agito las manos en el aire sin saber por dónde empezar.

—Hay un botiquín de primeros auxilios en el baño —dice y me apresuro a buscarlo.

Me sigue, llenando el pequeño espacio con su volumen. Me aprieto en una esquina mientras limpia el vapor del espejo e inclina el cuerpo para evaluarse el daño. No sirve de nada: el espejo aún empañado es pequeño y todo su inmenso cuerpo está cubierto de cortes.

Agarra una toallita y comienza a limpiarse como si estuviera fregando una encimera. Su cuerpo destrozado parece de cemento, no carne. Sé que es fuerte, pero me estremezco solo de mirarle.

—Por favor, déjame ayudarte.

Me entrega la toallita, la enjuago y la aplico a la piel. Grizz suspira y hago una pausa.

—¿Duele?

Tiene la cabeza inclinada, le brillan los ojos.

—No, zorrita. Eso no. —Se aclara la garganta—. Puedes ser más dura conmigo, puedo soportarlo.

Sigo limpiándole. Cada centímetro está lleno de duros músculos. Es una locura, como sacado de un libro de anatomía, excepto que probablemente no haya palabras para describir todos los músculos que tiene. Grandes, medianos, y unos pequeños entre los que reconozco. Tiene un paquete de doce abdominales, por el amor de Dios. Paso la mano por donde se eleva el contorno y él hace un ruido mitad gemido, mitad gruñido. Un ronroneo, lo llamaría, si fuera un gato.

—Buen oso —susurro, y agacho la cabeza para no ver su expresión.

Cuando llego al costado, levanta el brazo. Hay otra garra atascada allí y cuando se lo digo me gruñe:

—Sácala. Hazlo deprisa.

La saco y lavo la herida con abundante agua. Ahora que todas las manchas de sangre se han ido, se ve mucho mejor y la curación se ha activado un poco; algunos cortes ya se han cubierto de costras. Voy muy despacio, haciendo un trabajo minucioso, tratando de no hacerle daño. Toma mucho tiempo pero a Grizz no parece importarle.

—Hago esto a veces —digo para llenar el silencio y distraerle un poco de un rasguño particularmente áspero—. Limpio sumisos después del juego con la sangre.

—En el Club Toxic.

—No. Hay otro lugar donde los vampiros juegan más al extremo. Um. —Levanto la cabeza y me encuentro con los ojos brillantes de Grizz en el espejo—. Fuera de la jurisdicción del rey. —Me arde la cara. He revelado un secreto.

—No le va a gustar eso a Frangelico —afirma Grizz. Con los ojos brillantes, parece una máquina, un *terminator* rubio enviado para matar a la humanidad.

Sacudo la cabeza.

—No se lo digas.

—Tengo que decírselo, zorrita. Estoy en esta misión para él.

—No quiero meter a nadie en problemas. —Vuelvo a

limpiarle. ¿Por qué tuve que abrir la boca? Agustino me matará si se entera de lo que he soltado.

La mano de Grizz se cierra sobre mi cuello. Me quedo quieta pero él solo me acaricia el cabello.

—No será tu culpa si tienen problemas.

Trago saliva.

—¿Qué hará el rey si no aprueba el club secreto?

—Eso depende de él. No es asunto nuestro, zorrita. ¿Dónde está ese club? ¿Sabes?

Cierro los ojos.

—Puedo mostrártelo. —Ya he traicionado a mi amo. Ya que estamos en el baile, bailemos.

—Buena chica —murmura, y me parto en dos. No debería sentirme bien ayudando al enemigo de mi amo, pero lo hago.

Me quedo en silencio ya terminando en la espalda. Después, espero mientras Grizz baja el espejo y se la revisa en todos los ángulos.

—Gracias, zorrita. Debería sanar más deprisa ahora.

En su cama, aguardo a que tome una ducha. Debería intentar correr y advertirle a Agustino, pero algo me retiene. Me digo a mí misma que son sus órdenes, aunque no me ha dado una en bastante tiempo. Quisiera que lo hiciera para poder acallar los pensamientos que me zumban en la cabeza como abejas alborotadas.

Grizz entra descalzo, vistiendo un par de pantalones de chándal de aspecto terso y nada más. Aunque sé que está mucho mejor, su pecho todavía se ve mal y me estremezco con las marcas enrojecidas.

—Parece carne cruda, ¿eh? —dice—. No te preocupes, sé que mis chances en una carrera de modelo terminaron hace mucho tiempo.

Recoge de la cama la ropa que compramos y que doblé sin saber dónde guardar. Con una ceja arqueada, despeja un cajón de su tocador y suelta mi ropa allí. Debería hacer un comentario al respecto pero estoy exhausta. Sus movimientos son gráciles, elegantes, y parecen llenar la habitación.

El luchador ha vuelto, el héroe conquistador. Su presencia satura el aire haciéndome consciente de lo pequeña que soy. Y de mi feminidad. El premio perfecto para un guerrero.

Me meto las rodillas debajo de la barbilla y me abrazo las piernas.

—¿Y ahora qué? —pregunto.

Me devuelve la mirada con los ojos aún brillantes. Venga, sí. Su oso es consciente de la fragilidad de esta situación. De lo mucho que me desea. Cuán correcto sería. Yo pertenecía a Agustino y él me llevó. Los más fuertes gobiernan sobre los débiles, y si quieres algo y eres lo suficientemente poderoso como para tomarlo, te pertenece. Así es la ley de la selva. Y cuando los cambiantes y los vampiros se involucran, en todas partes hay una selva.

—¿Quieres que te lleve al club secreto? —pregunto tratando de disipar la tensión.

Los ojos de Grizz se atenúan como una luz que se apaga lentamente.

—No esta noche. Mañana. Esta noche dormiremos.

Oh.

—No te preocupes, zorrita, no te voy a lastimar.

—No pensé que lo harías.

Viene hacia la cama, luego me pone una mano en el cuello con un movimiento gentil, pero hasta un humano lo reconocería por lo que es. *Puedo romperte el cuello, pero no lo haré.* Otra forma de afirmación de cuando se es lo suficientemente poderoso como para ser violento, pero se elige ser gentil en su lugar.

Me estremezco.

—Duérmete, zorrita. Es todo.

Cuando me acuesto y apaga la luz, no sé si me siento decepcionada o aliviada.

Capítulo Siete

*J*ordy

Tan pronto como cierro los ojos, el sueño comienza como si me hubiese estado esperando. Hay un monstruo oscuro en mi cabeza, chasqueando las mandíbulas, tragándome entera. Es el club secreto de los vampiros y Agustino está allí, como una presencia amenazante, lo cual no está bien, pues debiera ser un consuelo. Me esfuerzo por recordar los tiempos en que lo era. Pero en el tiempo y el lugar de este sueño, Agustino no es benevolente. No es mi amigo. Es solo mi amo.

—¿Es ella? —pregunta otro vampiro. Agustino confirma que sí. Sus voces están mudas en este estado de sueño, pero sé que hablan de mí. Las manos comienzan a trepar por mi carne, acariciándome, palpándome, tomándose libertades. Debería quedarme quieta, Agustino me lo ordena, pero no puedo. Cuando lucho, restingen mis movimientos. No con cuerdas. Con manos pesadas.

—Vaya, es luchadora —comenta el otro vampiro.

—Por lo general, no —gruñe Agustino y su voz destila

disgusto. Sé que desprecia a los cambiantes y en este momento no hace ningún esfuerzo por ocultar sus sentimientos. Me siento pequeña, inferior, más cuando las manos que me retienen me ensucian la piel—. Quédate quieta —mi amo vuelve a sisear.

—Déjame —dice el extraño vampiro y hunde los dedos en la piel. Me arqueo intentando gritar, pero mi garganta es una tumba. El aura de este depredador es tan fuerte que me asfixia. El aire es demasiado denso para respirar—. Ya está —dice el vampiro con burlona tranquilidad—. Tranquila. —Sus dedos, como garras ahora, me cortan la piel, la sangre brota—. Quédate quieta y dame lo que quiero. —Sus labios encuentran mi pecho. Me sacudo una vez y vuelvo a quedarme quieta. Esto no es un sueño. Ha ocurrido de verdad—. Buena chica —canturrea el vampiro tuerto, y, bajando la cabeza hacia mi pecho izquierdo, comienza a alimentarse.

* * *

Grizz

Me acuesto en la oscuridad intentando descansar. La respiración de Jordy es rara, exhalando suaves bocanadas en mi pecho desnudo. No me ayuda. Cada vez que trato de relajarme, gimotea, se aprieta cerca de mí, y todo se acaba. Estoy excitado.

Con un suspiro, ruedo sobre mi espalda. Mi erección sobresale como un asta de bandera, tentando la sábana. Sí, sí. Estoy excitado por esta chica, lo entiendo. Ya basta. Forzaré que la erección baje.

Un sonido de asfixia me hace abrir los ojos cuando

Jordy se sacude contra mí y sus deditos se clavan en mi pecho en carne viva. Duele, pero me da igual. Algo va mal. Está molesta. Tiene la cara apretada y la boca abierta como si estuviera tratando de gritar.

—Zorrita. —Le paso el pulgar por la mejilla y se convulsiona tan fuertemente que casi me golpea la barbilla. ¿Qué diablos—. Zorrita. Vamos, despierta. Jordy. ¡Jordy!

* * *

Jordy

Alguien dice mi nombre. Sigo la voz por un túnel oscuro, tropezando hacia la luz.

—¡Jordy!

Abro los ojos y respiro como si hubiera estado bajo el agua.

—Maldición, zorrita, ¿qué fue eso?

—Tuve un sueño —gimoteo, y me estremezco cuando él prende la luz—. Uno malo.

—Tuvo que ser malo. Te retorcías gritando. —Me toma la barbilla y me examina la cara—. Aquí. —Se acerca, agarra el vaso de agua junto a la mesita de noche y me lo entrega—. ¿Quieres decirme de qué se trata?

—No —digo honestamente. No quiero revivirlo. No quiero hablar de esa noche. No quiero recordarla. Nunca.

Grizz me mira, expectante. Agradezco la paciencia, una oportunidad para que los latidos de mi corazón vuelvan a la normalidad.

Abro la boca como si pudiera contárselo. Ya he soltado bastante, pero esta sería la traición definitiva. *Agustino me llevó al vampiro tuerto y ellos...*

No. No puedo.

Grizz frunce el ceño ante mí como si intentara leerme los pensamientos. Me lamo los labios. Podría ordenarme que se lo contara. Pero no lo hace.

—Está bien, zorrita —dice en cambio, y vuelve a apagar la luz. Me ha dado la opción—. Ven aquí. —Me tira hacia a él, pero me aparto de su pecho herido.

—No. Te haré daño.

Su risa llena mis oídos, un sonido oscuro y aterciopelado.

—Nunca podrías hacerme daño. Eres demasiado pequeña.

—No soy tan pequeña —protesto, y simplemente me acerca.

—Eres pequeña —me contradice—. Pero perfecta. —Sus labios lastimados me acarician el oído.

—No sé si puedo volver a dormir —le informo, un poco sin aliento.

Una pausa.

—¿Quieres que te ayude?

Otra opción. Me deleito con ello.

—Sí —decido. Incluso si fuese una orden, lo quiero. Ya elegí.

Pero no me da una orden. En cambio, me abraza y quedo completamente tumbada contra él, con mis caderas acunadas en las suyas. Mi cabeza no le llega a la barbilla, pero debe de inclinarla porque su aliento agita mi cabello.

—Ahora, ¿qué debo hacer para ayudarte a dormir? —Su mano comienza a desplazarse hacia arriba, arrastrándose por mi pierna, llevándose la gran camisa con ella.

—Lo que quieras —susurro, porque es verdad. Mi cuerpo yace contra él, suave y complaciente. Mi mente todavía podría resistirse, pero él es dueño de mi cuerpo. Mi zorra está lista para que haga su reclamo.

—¿Qué *quieres*, zorrita? —Me encanta el profundo estruendo de su voz en mi oído.

Doblo una pierna, la rodilla hacia el techo para darle acceso.

Grizz gruñe su aprobación y empuja las sábanas. El calor se enciende por todas partes: en mi piel, entre mis piernas, un tipo de calor diferente al que estoy acostumbrada. La sumisión siempre me excita, pero esto es como la excitación multiplicada por doce. Mi sexo se derrite, el ritmo cardíaco aumenta. Siento un escozor afiebrado y él ni siquiera me ha tocado íntimamente todavía. Saber que me va a reclamar, posiblemente, emociona no solo a la sumisa que hay en mí, sino también a mi zorra. Eso es diferente. Hace que se sienta muy bien.

Se mueve hacia abajo y agarra el muslo que he levantado.

—¿Me invitaste aquí, zorrita?

Me estremezco con el primer movimiento de su lengua. Cielos, es como un rayo que se dispara directamente a mi clítoris y a cada terminación nerviosa de mi cuerpo. Los pezones se me ponen duros como diamantes, las uñas se hunden en la almohada vacía a mi lado. Traza el interior de mis labios inferiores, rodea el clítoris, y me retuerzo empujando la rodilla contra su cabeza involuntariamente.

—Um, uh, zorrita. Quédate abierta para mí mientras lamo este dulce coño tuyo.

Tiemblo, mi sexo se contrae con la orden. Nadie me ha lamido allí. Agustino torturó mi clítoris muchas veces, claro; lo azotó, lo pellizcó, le puso clips, pero nunca puso su propia boca sobre mí. Nunca antes había sentido la caricia aterciopelada de una lengua en mis partes más sensibles.

No es mi intención, Grizz no es como un esclavo, en absoluto, pero le agarro el cabello y tiro de él hacia mí nuevamente.

Grizz se ríe.

—Así es, zorrita. Goza.

Goza.

Qué pensamiento tan malvado y terrible. Pero me dijo que lo hiciera. Fue una orden, ¿verdad?

Entonces me entrego a las sensaciones de su lengua, de sus gruñidos profundos, del agarre dominante de su enorme mano en mi muslo. Llevo mi núcleo hacia su boca y me retuerzo.

Me acomoda y empuja mi otra rodilla hacia atrás también, extendiéndome ampliamente; grito cuando me lame desde el ano hasta el clítoris. Vuelve a mi abertura, penetrándome con la lengua. No es suficiente, no pretendo exigir, pero lo hago: que el destino me ayude, y lo hago. Le sujeto la cabeza y me empujo hacia boca levantando el coño; suelta uno de mis muslos y me mete dos dedos ásperos.

Gimo de placer, mis ojos giran hacia atrás en mi cabeza.

—¡Grizz! —grito, el pánico que viene antes de un orgasmo me embarga.

—Así es, zorrita. ¿Quién te hace gritar?

Mi mente apenas puede seguir la pregunta, tan cerca de llegar al clímaz.

—Um ... *¡Tú!* —grito cuando repetidamente asalta mi punto G con sus gruesos dedos—. ¡Grizz, sí! Oh, por favor, Grizz.

—No tienes que rogar, *solo tómalo* —gruñe.

El orgasmo es como una explosión. Un estallido. Me vacía y me llena simultáneamente. Mi cuerpo enloquece bajo sus hábiles dedos, su lengua, con mis piernas y la pelvis sacudiéndose. Con la liberación, aprieto los músculos internos que tiemblan. Deja de bombear y me acaricia el punto G mientras chupa y lame el clítoris.

El terremoto pasa y gimoteo, quedando flácida, con las rodillas abiertas, el cuerpo liviano. Grizz levanta la cabeza y se relame mis jugos de sus labios.

—Sabes a miel.

Se me escapa una risita y le alcanzo, enrollando los brazos alrededor de su cuello.

—Y lo dice el oso.

Me muerde el cuello.

—A los osos les encanta la miel —añade.

Intento empujarle para poder devolverle el favor, pero es una hazaña imposible una vez que se posiciona encima de mí, aprisionándome. Busco su polla entre nuestros cuerpos, la encuentro inmensa, gruesa, dura para mí. Le doy un apretón, pero su gruñido me censura.

Al instante la suelto con los ojos muy abiertos.

—Shh. —Me acaricia la mejilla—. Te estoy ayudando a dormir.

—¿Puedo por favor darte una mamada? —Casi le digo, *amo*, pues así he sido entrenada, pero me callo a tiempo.

Aún así, Grizz entrecierra los ojos.

—No —gruñe y se acomoda a mi lado tirando de mí para ponerme contra él. Con su colosal cuerpo cálido que envuelve completamente al mío más pequeño, mi zorra suspira contenta. Después de un momento de silencio en el que me preocupo por saber qué hice mal, murmura en mi oído—. Duerme, zorrita. Estás a salvo aquí. No dejaré que nadie te lastime. Es una promesa.

Ahora suspiro también.

Me acaricia el brazo.

—Todo va a estar bien. Siempre estarás a salvo conmigo, zorrita.

La felicidad, un sentimiento peligroso, me invade y me sumerjo en ella. Permito que la plenitud del orgasmo y la seguridad de los brazos y palabras de Grizz me arrullen en un descanso reparador y sin sueños.

Capítulo Ocho

Jordy

—Buenos días, zorrita. —La voz ronca de Grizz me hace vibrar.

Vuelvo a apretarme contra el cálido muro que es su cuerpo gigantesco y su ronroneante gruñido me transmite agradables sensaciones. Automáticamente arqueo la espalda apretando el trasero en el tenso marco de sus caderas. El gruñido se profundiza en frustración y las inmensas manos me fuerzan a que separe las piernas. Contengo la respiración cuando su mano derecha comienza a explorarme.

Fuera de la habitación, un súbito ruido rompe el silencio y me estremezco en los brazos de Grizz que me aprietan.

—Está bien. Solo es el teléfono.

—Deberías atender —susurro mientras sigue sonando y Grizz me responde con un gruñido. Con un pitido, el contestador automático se activa.

—¡Levántate, es un hermoso día! —dice el irlandés.

Grizz maldice mientras Declan continúa dejando el mensaje.

—Tengo noticias para ti, así que llámame.

—¿Le dijiste…? —Otra voz irrumpe el mensaje.

—Vale, vale, se lo diré —agrega Declan—. *Jay-sus*, cálmate.

—Solo digo… —dice la segunda voz y ambos comienzan a discutir hasta que la máquina emite el pitido al final del lapso para mensajes.

Un segundo después, el teléfono comienza a sonar otra vez.

—¡Ah, por el amor del cielo! —exclama Grizz.

El teléfono suena hasta que aparece el pitido y una nueva voz deja el mensaje.

—Soy Parker. Estamos en la hamburguesería. Aléjate del club de lucha.

—Dame el teléfono —irrumpe Declan.

—No. Le dije… —los dos comienzan a discutir nuevamente y la llamada se corta.

Grizz, molesto, suspira mientras le meto la cara en el pecho y me río.

—Supongo que tenemos que reunirnos con esos idiotas —me resopla al oído.

—Sabes, eres la única persona en el mundo que todavía tiene un teléfono fijo —le digo.

—Soy de la vieja escuela.

—O simplemente viejo. —Arrugo la nariz hacia él.

En el momento siguiente, ya me ha colocado sobre su regazo.

—Te mostraré la vieja escuela. —Me levanta la camisa y me nalguea el trasero desnudo.

—¡No! —Pataleo, aunque apenas me ha dado un azote—. ¡No quise decirlo! ¡Retiro lo dicho!

—Claro que sí, ahora te has ganado un castigo —dice y aprieto las piernas cuando la emoción me recorre la espina dorsal. Grizz bromea con un castigo juguetón, que es suficiente para excitarme. Un segundo después, su mano se desliza entre mis piernas y comprueba mi estado por sí mismo.

—Cielos —murmura.

Me relajo, entregándome felizmente a su exploración. Sabe cómo tocarme, ligera pero firmemente.

—Te apetecen los azotes, ¿no, zorrita?

—Sí —admito.

—¿Por qué?

—No preguntes por qué. No hay por qué. He intentado entender esa parte de mí toda mi vida; por qué el castigo me excita tanto; por qué me gusta la dominación. No hay respuestas para ello. Simplemente nací así. Es lo único bueno que obtuve de mi esclavitud con Agustino, el descubrir todo un mundo de placeres sexuales. Y también que no estoy sola en mis deseos. Hay docenas de otros seres con sangre dulce, aún más castigados que yo, que juegan en Toxic.

—¿Quieres más? —En su áspera voz, presiento la preocupación como si no estuviera seguro de siquiera formularme la pregunta.

—Sí, por favor —respondo tan dulcemente como sé.

La enorme palma de Grizz azota mis nalgas, un lado, luego el otro, un par de veces. Entonces comprueba mi humedad otra vez. Gimo de placer y se aclara la garganta.

—¿Qué tanto?

—Más fuerte, por favor.

—¿Quieres que te haga daño?

—Sí —admito. Me fascina la sensación de dolor y el cálido cosquilleo que seguidamente me provoca. Necesito acumular ese juego previo antes para poder encontrar el goce de la liberación.

Mis oídos de metamorfa captan el sonido del corazón de Grizz latiendo más deprisa de lo normal. ¿Está excitado? ¿O realmente nervioso por hacerme daño? Como sea, me coloca las muñecas detrás de la espalda y las sujeta allí con una mano.

—Vale, zorrita. Vas a recibir unas nalgadas. Y luego me vas a mostrar tu gratitud.

Sonrío. Grizz es un dominante natural.

Cuando comienza a azotarme fuerte y deprisa, me retuerzo en su regazo. Son nalgadas perfectas. Su inmensa mano es como una paleta que azota con la suficiente fuerza para que realmente me produzca escozor. Cuento las nalgadas mentalmente para mantener la cabeza ocupada y evitar sacudirme por la intensidad. Después de treinta, se detiene y me acaricia con la palma callosa el culo crispado.

—¿Así? —Su voz es ronca.

—Sí. Más, *Grizz*. —Recuerdo a tiempo antes de llamarle *amo*.

Me da otros cuatro azotes concentrándose en la parte de los muslos donde me escuece más. Sí, tiene un talento innato.

—Ahora, ¿qué vamos a hacer con esto? —reflexiona cuando desliza los dedos entre mis piernas. Separo los muslos y alzo el culo ofreciéndome a él—. Buena chica —murmura, bombeando dos dedos.

Grito de placer. Bombea y el pulgar avanza entre las nalgas para descansar sobre el ano. En el momento en que aplica presión allí, empiezo a frotarme en su regazo salvajemente. Es vergonzoso lo poco que necesito de este macho para alcanzar el clímax, pero no puedo evitarlo. Mi cuerpo ha estado preparado para él desde el momento en que escuché su profundo gruñido.

—Joder, zorrita —dice bombeando dedos dentro y fuera

de mí. Solo aguanto otros treinta segundos hasta que tengo un orgasmo, mis músculos se tensan y los jugos gotean en mi entrepierna.

—Bueno. —Suena casi agitado—. Todavía no lo entiendo, pero...

Me giro y le miro por encima del hombro para buscar su rostro.

—¿Pero?

—Seguro que me ha gustado mi parte.

Una sonrisa se abre tanto en mis mejillas que casi duele.

—Pero ni siquiera te he mostrado mi agradecimiento todavía. —Me bajo de su regazo y me pongo en posición para mamarle, pero gime, negando con la cabeza.

—Tendremos que dejarlo para después. Me espera un largo día hoy. —Sin más se levanta y su gran figura se lleva todo el calor de la cama.

Gimiendo me apresuro a seguirle. Cuando desaparece en la ducha, corro para comenzar a preparar el desayuno. Solo llego a hacer el café antes de que entre en la cocina y se lo sirvo mientras comienza a freír un poco de carne. Hoy llevo el vestido que él eligió, y se arremolina en mis rodillas, y ando alrededor de la cocina sintiéndome guapa mientras pongo la mesa.

Tan pronto como Grizz termina el café, estoy a su lado con una sonrisa y la jarra lista para volver a llenarle la taza. Cuando voy a por los platos, de repente Grizz está a mi espalda, presionándome contra los gabinetes, sus poderosos brazos me rodean enjaulándome contra la encimera.

—No tienes que servirme —murmura en mi oído.

—Me gusta hacerlo —le susurro.

Me pincha la parte posterior del cuello. No estoy segura de si está contento o molesto, así que me escabullo para enfrentarle. Tiene los ojos brillantes mientras frota su mitad inferior contra mí y la erección me roza el estómago. No está enfadado. Solo frustrado. Bueno, es su propia culpa.

—Puedo servirte —le digo—. Tanto como quieras. —No soy lo suficientemente audaz como para agarrar su erección, pero me acerco hacia él.

—Tengo mucho que hacer esta mañana —añade.

—Entiendo.

—No tengo tiempo para llevarte de vuelta al dormitorio y lidiar contigo.

—No tiene que tomar mucho tiempo —ofrezco.

—Creo que sí. Necesitaría al menos un día. Tal vez dos.

Le sonrío y él se aparta ajustándose los pantalones vaqueros.

—Basta de ser tan guapa —ordena con una sonrisa. Hago un puchero con la cara.

Su mano cae en mi cadera, acariciándome a través de la fina tela de estampado floral.

—¿Este es el vestido que elegí?

—Sí. ¿Te gusta? —pregunto, de repente audaz. Hago unos giros para que se arremoline la falda. Vaya, demasiado deprisa. Definitivamente pudo echarme un vistazo debajo. Al menos, llevo bragas.

Sus ojos resplandecen.

—Cuidado. No hagas eso con nadie más que conmigo.

Asiento.

—Adelante, pon la mesa —ordena gentilmente, acariciándome la cadera.

Obedezco esbozabdo una sonrisa.

Después del desayuno, vuelve a escuchar todos los mensajes y los elimina. Su rostro es serio, ya en modo negocios.

—¿Lista para salir?

Asiento y sostengo una bolsa de plástico.

—Empaqué botellas de agua. No quedan bocadillos, creo que los Tres Chiflados se los comieron.

—¿Chiflados? —Grizz levanta una ceja.

—Los tres cambiantes... —Dejo caer los ojos. He insultado a sus amigos.

—En realidad, ese es un buen nombre para ellos —reflexiona Grizz—. Chiflados cambiantes. Hay tres de ellos.

—No los llamaré así a la cara —agrego ansiosamente.

—Yo lo haré. Probablemente pensarán que es gracioso. —Grizz agarra el casco de la moto y me hace un gesto—. Coge tus cosas para colorear. Tengo mucho que hacer, es posible que te aburras.

Quiero protestar que no me aburriré con él, pero igualmente llevaré mis cosas.

A medida que la moto baja la montaña, abrazo a Grizz en cada giro. Tres días desde que me sacó de la casa de Agustino, y ya se siente natural estar con él; el tiempo con mi amo parece cada vez más lejano. Pero Grizz no me ha dicho lo que planea hacer conmigo. No puedo sentirme demasiado cómoda con él.

Efectivamente, cuando nos detenemos en un semáforo, Grizz se vuelve hacia mí.

—¿Dónde está ese club secreto?

Me lamo los labios, mirando la luz roja que podría cambiar en cualquier momento.

—Dímelo, zorrita —ordena.

Espeto el nombre de la calle.

—No estoy segura de la dirección exacta, pero había un restaurante cerca con un letrero azul —Describo el área.

Mira hacia adelante justo antes de que la luz vuelva a encenderse.

Suelto un suspiro abrazando su espalda mientras la

moto rueda por la intersección. Grizz es el enemigo de mi amo. No puedo olvidarlo, incluso si me hace sentir bien.

Nos detenemos en el aparcamiento del restaurante de hamburguesas que visitamos ayer por la tarde, donde el Camaro blanco nos espera. Me bajo de la moto, me acomodo el vestido mientras Grizz desmonta y saca mis cosas del compartimento.

—Espera aquí —dice Grizz, entregándome el libro para colorear y los lápices. Los abrazo a mi pecho mientras avanza hacia los Tres Chiflados. Uno de ellos lleva un sombrero de paja anticuado, como usan los hombres en las viejas películas en blanco y negro que solía ver durante el día, cuando Agustino me lo permitía. Los tres metamorfos se asoman fuera del coche ansiosos por hablar con Grizz.

Muevo la falda y me balanceo de pie en pie hasta que Grizz se da vuelta y me saluda. Se encuentra conmigo a mitad de camino, justo cuando la brisa atrapa el dobladillo de mi vestido y lo voltea encima de mis muslos. Lo aliso y tomo nota para usar pantalones cortos moteros debajo la próxima vez. Aunque la mirada en la cara de Grizz cuando me recorre hace que mi momento Marilyn Monroe valga la pena.

Me detengo frente a él, me pone una mano en la espalda y me acerca poco a poco para que su cara llegue a mi nivel.

—Te ves bien con tu vestido, zorrita. —Sus ojos brillan.

—Gracias —susurro. Mis pezones se marcan en la tela florida porque no llevo sujetador, así que debería ser obvio el efecto que tiene en mí. Esboza una sonrisa que estira sus labios ya sanos. Espero más, pero se aparta.

—Te voy a dejar con estos tres por la tarde. No te preocupes, están locos, pero estarás a salvo.

—Quiero ir contigo.

—No es posible, zorrita. Podría ser peligroso.

Empiezo a protestar y él pone un dedo en mis labios, silenciándome.

—Te diré algo. Te recogeré antes del anochecer y cenaremos juntos.

—Está bien. Cocinaré para ti —le ofrezco gentilmente.

—Me gustaría eso.

Me da un beso en la frente, unas palmaditas en el trasero y, después de vociferar órdenes a los tres dementes para que me vigilen y protejan con su vida, se sube a la moto y se aleja acelerando.

Trago saliva con fuerza y abrazo en mi pecho mi libro para colorear mientras el trío de cambiantes tontos vuelve los ojos curiosos hacia mí.

* * *

Grizz

Mi oso se molesta cuando me alejo, pero no lo puede evitar. Tarde o temprano, Agustino se dará cuenta de que Jordy se ha ido si es que aún no lo ha hecho. Y cuando lo haga, se enfadará. A los vampiros no les gusta que otras personas jueguen con sus juguetes, incluso si los maltratan. Es un asunto de poder.

Y aunque una parte de mí disfruta de la oportunidad de enfrentarse a Agustino y darle una lección, soy un estúpido por involucrarme con Jordy. Tan pronto como termine este trabajo, reanudaré la cacería del vampiro que mató a mi madre. Como, duermo, sueño pensando en la venganza, lo cual no es vida para Jordy. Se merece más.

Al menos me dijo dónde queda el lugar secreto de

reuniones del club de vampiros. Con eso, me basta para seguir diciéndome a mí mismo que vale la pena mantenerla cerca.

Cuando el letrero azul del restaurante surge a mi derecha, voy más despacio y hago otra ronda antes de aparcar en un callejón. Jordy no pudo darme una dirección exacta, pero no me preocupo. Puedo olfatearla yendo a pie.

Me toma menos de cinco cuadras antes de oler el lugar. El olor frío, terroso, de los vampiros aparece bajo otro aroma de carne.

Entro en el edificio haciendo una palanca en la puerta y dando un fuerte empujón con el hombro. Es un viejo salón de baile con un escenario. Me dirijo hacia allí. Es bueno para una subasta. Y en el sótano: bingo. Aquí sería donde guardan las jaulas.

Huele a sangre, sudor, lágrimas. Huele a sitio de subastas de cambiantes, para mí.

Tengo un recado más que hacer y luego volveré a Jordy. Espero que le vaya bien con los Tres Chiflados, como ella los llama. Cielos, es tan linda.

Le doy una vuelta más al edificio revisando todos los rincones y grietas. El lugar si bien es espeluznante, no veo nada demasiado siniestro, no hasta que entro en la habitación detrás del escenario. Se llama *sala verde*, según los tipos de teatro, y tiene mobiliario, sillas aterciopeladas antiguas y tumbonas perfectas para una diva. Huele a vampiros. Pero eso no es lo que me eriza el vello de la nuca.

En el centro de la sala, hay una gran mancha amarronada en el suelo. Me agacho, pero no necesito olerla ni tocarla para saber qué es lo que se coló tan profusamente en las tablas del piso de madera.

Sangre. Mucha, mucha sangre.

* * *

Jordy

Los Tres Chiflados, parados alrededor del Camaro, devoran hamburguesas cuando son apenas las once de la mañana. El tipo de cabello canoso, Parker, esperó conmigo mientras los otros dos aguardaban en la puerta hasta que un empleado los dejó ingresar al local. Regresaron con suficientes bolsas para alimentar a toda una manada.

El de cabello oscuro, Declan, se vuelve hacia mí y me habla con la boca llena.

—¿Perdón? —suelto.

—Te preguntó si quieres una hamburguesa —aclara Parker entre bocados de su propio sándwich.

Me niego todavía abrazando a mi pecho el libro para colorear. No puedo evitar mantener un ojo en la carretera, esperando a que Grizz vuelva conduciendo su moto.

Declan traga un bocado y habla:

—Sé lo que eres.

Me vuelvo hacia él y parpadeo ante su dedo puntiagudo que me señala.

—*Wee, sleekit, cowran, tim'rous beastie.*

—Declan —suspira Parker.

—Eso es un poema —dice el tercer metamorfo, un hombre alto y enjuto que huele a plumaje.

—Sé que es un poema —dice Parker—. Es de Bardo.

—No Bardo, *ya idjit* —Declan frunce el ceño—. Es de Shakespeare.

—Lo que sea —Parker agita una mano, levanta su envoltorio y lo arroja a la basura—. Todos los poetas muertos me suenan igual.

—Pero tiene acento irlandés —protesta en voz baja el hombre con olor a plumas mientras Declan y Parker comienzan a discutir en voz alta.

Parpadeo ante semejante espectáculo. Lo que sea que esperaba de los tres con quienes Grizz me dejó no era una discusión sobre poesía. Al final, Declan le ha robado el sombrero a Laurie, y él y Parker casi han llegado a los golpes. Alzan envoltorios de hamburguesas y se los arrojan unos a otros.

Una vez que se tranquilizan, me acerco escondiendo una sonrisa detrás de mi libro.

—Eso es todo, ven a sentarte un rato. —Me sonríe Declan y se desliza para hacerme espacio en el capó del Camaro. Me siento con cuidado tirando de mi vestido.

—Entonces, pequeña, dinos qué haces con un oso como Grizz.

—Le estoy ayudando —respondo con firmeza.

—¿Lo estás ahora? —El irlandés levanta una ceja—. Porque sabes lo que más necesita...

—¡Declan! —dice Parker en un tono de advertencia, pero no acobarda al lobo irlandés en absoluto.

—...es acostarse.

Parker golpea a Declan lo bastante fuerte como para que el irlandés de cabello negro se calle, pero continúa guiñándome un ojo.

—Lo necesita.

—Oh, eso es con lo que le estoy ayudando —le digo, antes de poder detenerme.

—¿Estás segura? Es un gran oso pardo y tú eres pequeña. ¿No le temes? —Declan lo dice con su manera alegre, pero sus ojos oscuros buscan mi rostro cuidadosamente.

—No. No le temo a Grizz. Es grande y aterrador, pero no para mí. Nunca para mí.

—Declan, cállate. —Parker se tapa los ojos con el sombrero de Declan y se vuelve hacia mí—. Me disculpo por su grosería. —Es tan formal que no puedo evitar sonreírle cuando me sonrojo.

—Está bien. Estoy de acuerdo con eso —digo, agitando una mano al aire.

—Mira, a ella le gusta. —Declan le saca el sombrero y golpea a Parker—. Obviamente tiene lo necesario, si está con Grizz.

—Sin embargo, no se lo digas —bromeo. Mi cara probablemente esté tan roja como una cereza Kool-aid—. Es una sorpresa.

—¿Una sorpresa? —Las gruesas cejas de Declan se elevan casi hasta su gorra, luego muestra una sonrisa de dientes blancos y me da palmaditas en la espalda con tanta fuerza que me tambaleo hacia adelante—. Me encanta. Tienes más agallas de las que te di crédito, pero me gusta tu coraje y no me equivoco.

—Vale. Gracias.

—Me alegro de que todo esté resuelto. —Parker pone los ojos en blanco—. No me di cuenta de que estabas tan preocupado por la vida sexual de los osos.

—No cualquier oso. Nuestro luchador premiado.

—¿Luchador pre...premiado? —pregunta el hombre alto y enjuto con un tartamudeo. Cuando le miro, no me mira a los ojos, y entiendo que es aún más sumiso que yo. Un metamorfo débil, probablemente un ave, lo cual explicaría el olor a plumas.

—Sí —declara Declan alegremente.

—Oh, joder —gruñe Parker, agarrando el sombrero de

Declan y colocándoselo en la cabeza en un ángulo rastrero —. Basta de grandes apuestas en un luchador loco.

—Así es. Estamos todos dentro. Solo tenemos que evitar que la manada de Tucson arruine nuestra inversión.

Me pongo rígida.

—¿Quieren matarle?

—Oh, sí. Desde que se puso del lado de los vampiros.

—No se está poniendo del lado de los vampiros —digo y me muerdo el labio. No sé cuánta información puedo brindar.

—Bien, entonces tenemos que convencer a los lobos de eso. De lo contrario, podrían intentar acabar con él antes de la pelea. Nadie le ganaría, ya lo viste contra todos esos felinos. Pero podrían herirle, y las probabilidades de la pelea empeorarían.

—Dime que no hiciste esa apuesta —gime Parker y se tapa los ojos con el sombrero.

—Oh, la hice —pronuncia Declan—. El viernes por la noche seremos ricos.

—Siempre y cuando Grizz no pierda —dice Parker.

—Le viste pelear —Declan toma una hamburguesa y la agita—. ¿Qué fue eso? ¿Diez, quince a uno?

Parker levanta el sombrero pero no parece contento.

—Porque no hay otra razón por la que Grizz pueda perder. Salvo que, tal vez, empate para los vampiros.

Declan desenvuelve la hamburguesa y se la zampa en tres bocados.

—Eso sería malo. Cuando hay tres millones de dólares en juego.

Parker espeta de nuevo.

—No me digas que pediste dinero prestado para hacer esa apuesta.

—Es segura —Declan se lame el ketchup de los dedos.

—No me lo creo —murmura Parker y va a sentarse dentro del coche, baja el asiento del conductor y se tumba con el sombrero en la cara.

—Entonces —Declan se vuelve hacia mí—. ¿Dónde te encontraste con nuestro Grizz?

—Um —mi piel se calienta, tostando mis pecas—. En un club.

—¿Qué club? ¿El club de lucha o el club de los vampiros pervertidos?

—El... mmm —tartamudeo— el de vampiros.

Declan se inclina hacia adelante para decirle al más callado:

—Ella es guapa cuando se sonroja. Resalta su cabello rojo.

—D-d-déjala en paz —responde el alto y delgado.

Le sonrío agradecida.

—Está bien.

—¿Qué hacía una buena chica en un sitio como ese?

—Yo estaba allí con mi amo vampiro.

Declan parpadea rápidamente y me encuentro con su mirada de frente.

—¿Eres una s-s-s-sangre dulce? —tartamudea el metamorfo alto.

—Lo soy. Bueno, lo era. —No sé qué hará Grizz conmigo cuando haya terminado, pero dudo que me deje volver con un amo vampiro.

—¿Ya no estás con él? ¿El vampiro te dejó? —Declan pregunta.

Me muerdo el labio y niego con la cabeza.

—Entonces, ¿cómo estás con Grizz?

—Grizz irrumpió en su casa y... me llevó consigo.

Declan se encoje de hombros.

—¡*Jay-sus*! —Salta del capó del coche y se pasea de un lado a otro. Dentro del coche, Parker se incorpora:

—¿Qué pasa? Laurie, dime.

Laurie me señala.

—Grizz s-s-s-se la robó a un vampiro.

—Oh, demonios —Parker maldice y sale corriendo del coche.

Declan continúa paseándose de un lado a otro delante del Camaro, cabizbajo, mascullando palabrotas de vez en cuando.

—¿Apuestas por un luchador que se ha metido con un vampiro? —Parker le dice y gira hacia mí—. ¿A qué vampiro dijiste que pertenecías?

—Agustino.

Declan se detiene para fruncir el ceño.

—¿Uno alto? ¿Parece un modelo masculino? ¿Viste de traje todo el tiempo?

Parker le da un codazo al irlandés en las costillas.

—Acabas de describir a todos los vampiros de la historia.

—¡No es cierto!

—¿Oh, en serio? ¿Qué vampiro no se parece a un modelo masculino?

Declan reflexiona al respecto.

—Había uno pequeño y delgado. ¿Recuerdas? Ben algo.

—¿Benedicto? —le ofrezco.

Declan chasquea los dedos.

—Ese es. Bueno, Benny. Parece de una banda de chicos.

A mi lado, Laurie se ríe suavemente. Declan me sonríe.

—Dime que estoy equivocado.

—No te equivocas —le devuelvo la sonrisa. Después de la forma en que me trató en el club la última vez, Benny no es mi vampiro favorito. No es que ningún vampiro sea mi favorito.

—Enhorabuena —dice Parker con amargura—. ¿Sabes quién no se parece a un modelo o miembro de una banda de chicos? Frangelico. —Ante la mención del rey vampiro, las sonrisas de todos desaparecen—. ¿Cómo se sentirá Frangelico cuando sepa que Grizz le robó a los vampiros?

Me encojo de hombros con el corazón por el suelo.

—No creo que le importe mucho de todas formas. —Declan se frota la barbilla—. Es bastante permisivo con su progenie, los vampiros que ha engendrado, pero Agustino... Esa es otra historia.

Me envuelvo los brazos del cuerpo de repente helado. Agustino se va a enfadar con Grizz si descubre dónde estoy. Me olvidé totalmente de eso.

—¿Q-qué hará A-Agustino? —Laurie pregunta.

—¿Con un cambiante que le robó? —Parker se encoge de hombros—. Cualquiera lo adivina.

—¿Cuál es tu suposición? —Declan pregunta.

—No lo sé —Parker agita una mano—. ¿Cazar a Grizz y arrancarle la cabeza?

Todo el oxígeno desaparece de las cercanías. Me balanceo y me desplomo contra Laurie que me rodea con un brazo.

Declan corre hacia la puerta del conductor, chocando con Parker, quien grazna, y trata de empujarle. Se enredan y comienzan a luchar agitando los brazos.

—Al coche —grita Declan—. ¡Tenemos que encontrarle!

—¿Estás bien? —Laurie me susurra y yo asiento. La cabeza me da vueltas. Necesito llegar a Grizz y saber que está bien.

—Cálmate —gruñe Parker, empujando a Declan. El irlandés corre hacia el coche y se sube al asiento del conductor.

—¡Tenemos que salvarle! ¿Dónde están la llave?

Parker la sostiene.

—Es de día. No hay vampiros despiertos.

—Correcto —dice Declan, apartando su cabello de la cara—. Correcto.

—Pero le diste información sobre los esclavistas cambiantes y lo enviaste tras ellos —dice Parker, cruzando los brazos sobre su pecho.

—*Jay-sus*, ¿por qué hice eso? —Declan se frota una mano arriba y abajo de la cara.

—No lo sé. ¿Entonces no te mataría y te comería? —Parker se inclina y recoge el sombrero aplastado, quitándole el polvo antes de devolvérselo a Laurie.

—Oh, corazón. —Declan pone una mano sobre su pecho, jadeando—. No puedo soportar esta violencia.

—Deberías haber pensado en eso antes de apostar en una pelea —Parker pone los ojos en blanco.

Capítulo Nueve

G*rizz*

La información que Declan me dio me lleva a una parada de camiones abandonada, a pocos kilómetros de la ciudad. Recorro el sitio en mi moto hasta que estoy seguro de que no hay nadie cerca, luego aparco para olfatear. Una vez más, no hay nada aquí más que fragmentos de piel y ocasionalmente plumas. Alguien aquí lleva y trae cambiantes, seguro. La pregunta es: ¿por qué? ¿A todos los vampiros de Frangelico les apetece la sangre de metamorfos?

Doy un par de vueltas pero no encuentro mucho más. Solo un pedazo de boleto arrugado que anuncia una subasta de medianoche de "mercancía fresca". No hay dirección, sino una foto del antiguo teatro que acabo de visitar.

¿Coincidencia? Creo que no.

Guardo el boleto. El sol todavía está bastante alto en el cielo pero no será por mucho tiempo. Necesito llamar a Jordy. No volveré antes del anochecer como le aseguré, pues tengo otro recado que hacer. Han pasado unos días y he encontrado bastante información para reportarle al rey vampiro. No es suficiente para que pronunce una sentencia, pero querrá saber del club secreto, las subastas, la sangre en el suelo de madera de la sala verde. Se enfadará si lo descubre de otra manera.

Un coyote aparece y me mira con ojos amarillos, pero no parece demasiado nervioso cerca de mí. En lo alto un halcón da vueltas graznando. Un sudor frío me recorre la nuca. Algo me dice que salga de aquí.

Regreso lentamente a mi moto. Una vez que voy por la carretera de vuelta a la ciudad, mi oso se relaja.

Cuando paso un letrero familiar del parque nacional, advierto que me he adentrado en territorio de lobos. No suele ser un problema, excepto que no soy exactamente la persona favorita de los lobos en este momento.

Efectivamente, cuando paso por una gasolinera, dos motos rugen y giran en la carretera después de mí.

Tan pronto como vuelvo a un área de servicio decente, mi teléfono enloquece vibrando como si estuviera tratando de escapar del bolsillo de los vaqueros. Es molesto hasta que recuerdo que el único que conoce este número es Declan. Mi cuerpo se enfría. Pienso en Jordy.

Me detengo y lo saco.

—¿Jordy está bien? —espeto.

—¿Grizz? ¿Eres tú? —Parker pregunta.

—¿Quién si no? —ladro. Mi visión se vuelve borrosa, tengo que aflojar la sujeción del teléfono antes de romperlo en mi agarre—. ¿Dónde está Jordy?

—Aquí —dice Parker rápidamente—. Está bien.

—Pásamela. —No puedo pensar con claridad hasta que mi oso sepa que está a salvo.

—¿Grizz? —Su voz me saluda entrecortada y preocupada—. ¿Está todo bien?

Mi cuerpo se aliviana.

—Bien. ¿Qué pasa? ¿Por qué suenas asustada? ¿Te lastimaron? —Tiemblo, terminando en un rugido.

—No, Grizz. —Me relajo cuando la oigo tranquila—. Estoy bien, de verdad. Estos tres son geniales. Solo estoy preocupada por ti.

—¿Yo? Estoy bien. No pasa nada. —Miento. Las dos motos se han detenido detrás de mí.

—Declan dice que Agustino se enfadará contigo por haberme llevado contigo. Te hará daño.

—Está bien, zorrita. Nadie me va a hacer daño. —Malditos sean esos títeres por asustarla.

Detrás de mí, los dos motos no se han movido. Sus órdenes deben de ser seguirme e informar. Los saludo con la mano.

—Vuelve pronto —dice Jordy.

—Pronto, zorrita. Tengo una parada más, pero será después del anochecer, ¿de acuerdo? Sé buena.

—Vale. ¿Quieres que vuelva a pasarte con Parker?

—Sí. —Espero hasta que Parker diga mi nombre y ordeno—: Lleva a Jordy al cine. Mira dos pelis seguidas y cómprale todo lo que quiera. Te devolveré el dinero. —Le cuelgo antes de que pueda estar de acuerdo.

Detrás de mí, un rugido distante se aproxima. Enciendo mi moto pero es demasiado tarde. Un montón de moteros irrumpen en la carretera detrás de mí. En segundos, mi moto está rodeada, me cercan tres moteros. Todos tienen sus nudillos tatuados con las fases de la luna. Son lobos.

Busco en mi chaqueta la petaca antes de recordar que está vacía.

A cada lado de mí, los moteros abren sus chalecos de cuero, mostrando armas.

—¿Llevar un arma a una pelea? —Me burlo—. No es justo.

—Todo es justo en la guerra —murmura el motero.

—¿Guerra? —pregunto.

Frente a mí, Trey me mira con los ojos encendidos.

—Es lo que quieras que sea, oso. Nuestro alfa quiere que vengas a charlar un poco. Podemos hacer esto fácil o por las malas. Depende de ti.

Reequilibro mi moto. Hay varios cambiantes alrededor de estos tres. Doce, al menos. Tengo mejores probabilidades que con la jauría de felinos, pero estos no son un montón de gatitos.

—¿Y bien? —Trey exige.

—¿Qué va a ser? —digo mirando a izquierda y derecha, calculando.

—Oh, por favor —murmura el motero a mi derecha—. Por favor, elige por las malas.

Malditos lobos. Siempre pudriéndola para una pelea, especialmente cuando están en manada. Podría tomarlos, sé que podría, si tuviera llena la petaca, pero me encuentro totalmente sin chances.

—Supongo que tengo tiempo para charlar —le digo a Trey. Quería hablar con Garrett, de todos modos.

El gran lobo asiente.

—Muy bien entonces. Ven.

Los sigo a la sede de su manada, un club nocturno en Congress Street llamado Eclipse. Todavía no ha abierto al público, lo cual significa que los lobos pueden usarlo como su casa club. Aparco la moto con el resto de ellos y sigo a Trey. Una vez dentro, mientras mis ojos se adaptan a la penumbra, y un lobo me asesta un puñetazo en las costillas.

—¿Qué demonios? —vocifero con rabia. Esperaba una reunión con el líder de la manada, con Garrett, no una emboscada.

Otro lobo se balancea hacia mí, luego otro.

Respondo a los puñetazos, defendiéndome, moviéndome en un círculo.

No pueden hacerme daño. Puedo decirlo porque los ataques son medidos. Vienen de a uno y se siente más como una lucha deportiva. O una simple paliza.

Bien. Pueden darme una paliza si es lo que tienen que hacer. Medirse la polla conmigo.

Percibo la ráfaga de un olor que me pone los nervios de punta, pero no puedo ver de dónde proviene cuando estoy demasiado ocupado defendiéndome.

—Él no me parece tan grande —dice alguien, dando un pisotón con la pesada bota en el suelo y me hace girar hacia el olor.

Es otro oso.

Un grandullón más grande que yo, de cabello oscuro y con la barba larga de un montañés, se acerca a mí. Mi oso se eriza al verle los ojos brillantes del animal, como si estuviera teniendo dificultades para mantener al urso bajo control. Como si fuera salvaje.

Mientras, esquivo un par más de puñetazos en las costillas.

—Suficiente. —El grito de Garrett llega desde la puerta principal. Mira al otro oso con cautela y asiente con la cabeza—. Caleb

—Garrett. —El oso parece igualmente cauteloso.

—Esto es negocio de manadas.

Caleb se encoge de hombros.

—No iba a involucrarme. —Me lanza una mirada y sale por la misma puerta por la que entró.

—Trajeron a ese loco especialmente para ti, Grizz.

Miro fijamente al extraño oso.

—¿Qué carajos? —No tengo ni idea de lo que habla.

Garrett inclina la cabeza.

—Será tu contrincante el viernes por la noche.

Por supuesto. Me encojo de hombros.

—¿Se vacunó contra la rabia?

Garrett se cruza los brazos sobre el pecho:

—¿Qué sucede, Grizz?

Coincido con su pose.

—No tengo problemas con los lobos.

—Pero trabajas para los vampiros. Te infiltraste en nuestra manada como un espía. Definitivamente tengo un problema contigo.

Guardo la calma, aunque mantengo los músculos listos para un ataque. Los lobos siguen ansiosos por pelear pero sé que Garrett es un tipo razonable. Y no he tomado ninguna medida contra su manada, no importa lo que piense.

—No soy un espía. Nunca os espié. Trabajé para los dos, eso es todo.

—¿Qué tiene Frangelico contigo, Grizz? ¿Cuál es el gran secreto que ocultas?

Sacudo la cabeza.

—No hay secreto. —Miento, pero mi secreto no les concierne.

—¿Qué trabajo sucio haces para el rey vampiro en este momento?

Mantengo el rostro impasible.

—Ya lo sabes. Investigo las desapariciones de cambiantes.

—¿Y?

Me encogo de hombros.

—Tengo algunas pistas.

Garrett cruza los brazos.

—¿Cuáles son?

Joder. No quiero compartir mi información con ellos;

solo se interpondrán en mi camino. Aún así, no voy a salir de aquí sin que me muelan a golpes si no les doy algo.

—Encontré el sitio de una subasta de esclavos metamorfos. Todavía no sé quién está detrás.

—¿Cuál es tu punto de vista?

—Eso no es relevante.

Garrett me coge la camisa con los puños y me empuja contra la mesa más cercana. No es mi alfa pero no me defiendo. No cuando tiene a toda su manada aquí para respaldarle. Si necesita mostrar un poco de fuerza frente a sus chicos sedientos de sangre, le entiendo. Conozco la dinámica de los lobos.

—No me gustan tus secretos, Grizz —gruñe Garrett en voz baja—. No me agrada que juegues en ambos lados. Y seguro que no me complace no saber lo que estás haciendo.

—Busco al vampiro responsable del mercado de esclavos metamorfos. Y cuando lo haga, voy a hacerme cargo de él.

Garrett debe de notar en mis ojos el brillo de la verdadera resolución, porque me estudia por un momento y luego me suelta.

—Quiero saber cuando le encuentres.

—No quiero ser un idiota, pero ya no trabajo para ti. Tus lobos me despidieron —le recuerdo. Su chico Trey, el dueño del club de lucha, se volvió loco hace unos meses cuando se enteró que también trabajaba para los vampiros.

Garrett me da un puñetazo en el estómago.

—Si quieres andar con la frente en alto por esta ciudad, cumples cuando te pido algo. ¿Entiendes?

Gruño, en parte porque me ha dejado sin aliento y no quiero demostrarlo.

—¿Qué significa eso?

—Vale. De acuerdo.

—Bien. —Garrett da un paso atrás como para dejarme

pasar—. Espero los mismos informes que le das a Frangelico, si no mejores.

Sus lobos se abalanzan sobre mí desde todos lados, ansiosos por asestar también sus golpes.

—Bien —repito, no porque le tema a Garrett o su manada, sino porque necesito volver con Jordy y asegurarme de que esté bien. No tengo tiempo para un concurso de ver quién tiene la polla más grande con estos tipos.

—Dejadle ir —murmura Garrett y los lobos se separan para darme paso. Un par más me lanzan puñetazos al pasar, no me defiendo y salgo, sacudiendo la cabeza.

Desde atrás oigo el rugido feroz del oso salvaje.

No sé cuál será su historia, pero no temo luchar contra él. Si no puede mantener a su animal en control, será fácil de vencer.

Capítulo Diez

G*rizz*

Llego a la casa de Frangelico justo al anochecer. Es una mansión nueva ubicada en un terreno privado sobre una colina, a la que se llega tras un largo viaje en automóvil. Las columnas de mármol de estilo italiano se ven extrañas con el telón de fondo del desierto. La entrada en la parte inferior de la colina se abre para mí lentamente. No hay señales de seguridad, pero no me engaña. Este lugar está lleno de guardias, tanto humanos como drones.

Aparco detrás de un Lamborghini rojo y un Tesla Roadster blanco y permanezco sentado un rato, viendo el sol hundirse detrás de las montañas. Me pican los dedos de las ganas de llamar a Jordy, pero me las aguanto. Está a salvo con Declan y Parker. El extraño comportamiento de esos tres provoca que la gente no se los tome en serio, y así pasan inadvertidos para la mayoría.

Me dirijo a la mansión caminando entre las columnas de mármol blanco que llevan hasta la puerta principal.

Dos matones aparecen desde lados opuestos de la casa y

me frenan. Me quito la chaqueta de cuero lentamente, extendiendo los brazos para que me miren. En el interior, cruzo un arco que sé que tiene un detector de metales oculto. Los vampiros son unos cabrones paranoicos, y su rey es el más paranoico de todos. Es el motivo que le ha mantenido vivo.

Frangelico entra en la sala de estar sin fanfarria. Por mucho que le apetezca la ceremonia, es bastante directo y bueno trabajar con él cuando estamos a solas. O tal vez simplemente no me quiera en su mansión por demasiado tiempo.

—Broderick, bienvenido.

Sacudo la cabeza al escuchar mi nombre real. No sé cómo lo supo Frangelico, la última persona que me llamó Broderick fue mi madre. El rey simplemente me llama así para meterse conmigo, pero no me rebajaré a contradecirle. Ese es un juego de poder que no ganaré.

Frangelico se mete detrás de una barra de tragos y se sirve una copa de vino. Rechazo su oferta de una bebida y espero mientras el rey sostiene la copa hacia la luz, agitando el líquido rojo, y la vuelve a bajar para olerlo profundamente y así sucesivamente. Hace todo menos bebérselo del todo antes de tomar un sorbo.

—¿Asumo que tienes algo que informarme?

Le cuento todo lo que he encontrado, con excepción de Jordy. Omito cualquier mención a ella. El hecho de que el rey y yo seamos aliados no significa que no sea peligroso. Prefiero mantener a Jordy fuera de su radar.

—¿Así que tus fuentes te hablaron de los movimientos de los esclavistas de metamorfos y con eso discerniste la ubicación de la casa de subastas?

—Encontré esto. —Saco el boleto del teatro y lo aliso

antes de entregárselo. Lo estudia brevemente antes de devolvérmelo.

—Tuve una pista que me llevó primero al teatro —admito, en caso de que Frangelico me apure.

—¿Una pista?

—Confidencial. —Doblo el boleto y lo vuelvo a guardar en mi bolsillo—. Pero obviamente es cierto. Tus vampiros operan a tus espaldas.

Frangelico suspira y se dirige a las puertas francesas que dan a un patio pedregoso. Las puertas se abren cuando se acerca y sale. Le sigo y me quedo unos metros detrás de él mientras se apoya en una columna. Traga el líquido e inclina la copa.

Me escucha mientras le cuento todo lo que sé sobre el club secreto.

—Parece que hay un grupo de tus vampiros que tiene un apetito por los cambiantes sumisos. Un nuevo tipo de sangre dulce.

—Ah, sí. —Gira los sedimentos en la copa—. Sumisas cambiantes. Uno de mis vampiros ha mencionado que su fuente de sangre dulce ha desaparecido. Una zorra, creo.

Me quedo inmóvil, cuidando extremadamente mi semblante.

—No sabrás nada de eso, ¿verdad? —Sonríe cuando no respondo—. Lo admito, he sido negligente con mis criaturas. Las consiento. Es tan difícil procrear un vampiro, ya ves. Así que tiendo a mantenerlos vivos, incluso cuando se vuelven contra mí. —Su sonrisa, medio escondida detrás de su copa de vino, es escalofriante.

—Has tenido evidencia de la rebelión desde hace algún tiempo.

—Ah, sí. El pequeño Nerón y su apuesta por un imperio. —Frangelico golpea un dedo contra la copa. La luna ha salido, bañando las montañas con una luz fantasmal. Las columnas pulidas del pórtico enmarcan perfectamente la vista del desierto. La mansión, en una colina orientada hacia el Este, parece que esperara el primer toque de la luz temprana del amanecer.

Me pregunto cuánto tiempo ha pasado desde que este vampiro vio un amanecer. Frangelico es viejo, mayor de lo que nadie sabe. Todos esos años en la oscuridad a mí me pasarían la cuenta.

A medida que el silencio se prolonga, resisto el impulso de moverme o toser para recordarle al rey vampiro que sigo aquí. El hecho de que Frangelico esté tan quieto como una estatua, con su perfil delineado por luz de luz plateada de la luna y congelado como la cara de un emperador romano en una moneda, no significa que se haya olvidado de mí.

Por fin Frangelico se endereza.

—Es un proceso increíblemente difícil hacer un vampiro —murmura todavía sin mirarme. Tengo la sensación de que habla consigo mismo en lugar de conmigo—. Tanto tiempo y sangre. Tantas derrotas. Y cuando finalmente funciona... —Suspira e inclina la cabeza—. Todavía tienes que mantenerlos. Romperles el vicio. Un proceso tan delicado para que perdure mi especie. Los humanos parpadean y sacan mocosos. Por eso ganarán al final. Nos extinguiremos.

Se da vuelta y desvío la mirada. Él prosigue:

—Solía pensar que era correcto que nuestra comida fuera tan abundante. Tan prolífica. —Una sonrisa burlona curva sus labios y resisto el impulso de retroceder. Nada más aterrador que un vampiro sonriente—. Pensé que si creaba suficientes vampiros, traería equilibrio al mundo. Como cuando se introducen lobos en Yosemite para acabar con la superpoblación de ciervos. —Él me mira entonces—.

Debe divertirte escucharme comparar nuestra especie con los lobos.

No, no me divierte. Me tiene jodidamente aterrorizado. No sé por qué Frangelico se ha puesto nostálgico con tanta diatriba, pero no quiero saberlo. Es mejor dejar algunos monstruos en la oscuridad.

—De todos modos, —Frangelico regresa a su sala de estar y la cavilación se corta— parece que mis criaturas se alzan contra mí —dice fríamente—. No solo Nerón lo ha hecho, sino un gran grupo. Es posible que pronto suceda algo... desagradable.

Desagradable. Una forma de decir "masacre completa de mis enemigos". Otra señal de que he estado trabajando con Frangelico demasiado tiempo es que sé exactamente cómo sugiere entrelíneas.

Frangelico continúa:

—Entiendo si deseas rechazar el resto de este trabajo.

—No —le digo—. Seguiré hasta el final.

Las facciones de Frangelico se contraen.

—No esperaba que dijeras eso. Pensé que te sentirías aliviado de regresar a tu búsqueda para vengar la muerte de tu familiar.

—Oh, no voy a renunciar a eso —digo sombríamente—. Tan pronto como llegue al fondo de esto, vuelvo a la cacería de ese bastardo asesino.

—Por mucho que desee que te concentres en el negocio que te asigno, admito que me impresiona tu dedicación. Ojalá pudiera ayudarte más en tu búsqueda. —Antes de que pueda decirle cómo puede ayudarme, prosigue—: Has hablado de ese vampiro antes. ¿Estás más cerca de descubrir su identidad? Entonces podría ayudar.

—Lo único que sé es que es alto y corpulento.

—Con un solo ojo, dijiste.

—Sí, un ojo. Perdió el otro... en una pelea. —La pelea que mató a mi madre.

—No conozco a un vampiro así.

—Es posible que lo hayas conocido cuando tenía ambos ojos.

—Cierto. —Frangelico deja su vaso—. Lamento no poder ayudarte a identificarlo.

—No necesito tu ayuda con eso. La única forma en que puedes ayudarme es dándome más sangre.

Frangelico suspira.

—Ah, sí. Me preguntaba cuándo me la pedirías.

—La necesito.

—¿Alguna vez se te ha ocurrido que los efectos secundarios de beber mi sangre podrían... cambiar tu vida?

—No te refieres a convertirme, ¿verdad?

—Oh, no —la voz del rey se vuelve fría—. No te daría mi sangre si hubiera alguna posibilidad de convertirte. Un cambiante convertido en vampiro sería una abominación.

Su tono me eriza el vello de mis brazos.

—No —continúa Frangelico, dirigiéndose a la barrra y yendo detrás para abrir la mini nevera—. No te doy esta sangre porque desee convertirte. Si hubiera alguna posibilidad de que te levantaras como vampiro, te mataría ahora mismo y quemaría tu cuerpo.

—Bien —solo puedo murmurar mientras mi estómago se revuelve—. Me cortaría la garganta antes de convertirme en vampiro.

—Y yo te arrancaría la cabeza —acepta Frangelico, con tono suave y afable—. Es por eso que trabajo contigo. Estamos en una lucha.

—Fantástico —le digo. Odio mi ansiedad cuando veo al rey apilar varias bolsas de sangre en la barra. La primera vez tuve que obligarme a beberla y solo lo hice porque sabía que me daría una ventaja. Después de la décima vez, dejé de tener arcadas. Tras la vigésima, saboreé el poder que corría por mis venas. Ahora, con más de cien dosis y varias muertes de vampiros, vivo para el subidón que me da.

Me mira y debe de notar algo de ansiedad en mi rostro.

—¿Estás seguro de que quieres esto?

Me doy la vuelta.

—No se trata de querer. La necesito. —Es solo una mentira parcial.

—Nunca he oído hablar de un cambiante que tome tanto y sobreviva. La mayoría de los vampiros no lo aprobarían. Solo lo hago porque trabajamos muy bien juntos.

—Y estoy dispuesto a hacer tu trabajo sucio.

—Eso también. Pero puede llegar el día en que nos encontremos al final de nuestro trato. Sería prudente que sopesaras el precio que te cobra la sangre antes de eso.

Le miro fijamente, no a los ojos, sino a una mancha que tiene en la cara. Si se piensa que voy a derrumbarme y decirle cómo me afecta la sangre, cómo cada dosis me deja débil e inconsciente después, se equivoca. No necesito su compasión ni su consejo. No tengo que saber que un día, cuando tome esta sangre, será la última, pues la dosis me matará o me dejará tan débil que mi enemigo lo hará. No me importa. Solo quiero encontrar al vampiro tuerto antes.

El rey termina de apilar las bolsas de sangre en la barra y me despide.

—Buena suerte en tu cacería —dice amablemente y se va. Espero hasta que se haya ido antes de salir. Finalmente puedo volver a Jordy.

Pero primero voy a la barra y recojo la sangre. Sin ella, no puedo enfrentar a un vampiro y ganarle. Necesito la sangre para poder para luchar, para cazar al vampiro que mató a mi madre y obtener mi venganza.

* * *

Grizz

El Camaro blanco se encuentra en el mismo sitio donde lo dejé, unas plazas más allá. Es más tarde de lo que me gustaría, bien entrada la noche. Tuve otro recado que hacer después de dejar al rey vampiro.

Conduzco mi moto hasta el coche aparcado entrecerrando los ojos ante sus faros. No puedo ver a nadie. Entonces una figura se cruza frente al coche y todo mi cuerpo se tensa. Jordy.

Viene corriendo hacia mí con sus zapatillas blancas brillantes y el vestido arremolineándose en torno a sus rodillas. Los faros del Camaro perfilan su silueta, pero el halo de luz a su alrededor no es tan fulgurante como su sonrisa.

—Hola —me dice sin aliento. La dulce belleza que aún no asume me golpea en el estómago. Es una flor que florece en un aparcamiento lleno de basura. Una estrella que resplandece en la noche.

Olvido este día de mierda. Me olvido de los lobos, de los vampiros y de informar a los Tres Chiflados. Tengo que llevarla a casa ahora.

Joder, si puedo hablar. Le entrego el casco. Después de que se lo abrocha, reviso la correa y sacudo la cabeza para que se suba a la moto. Me rodea con los brazos y los aprieto más, porque soy masoquista. La sensación de tenerla apretada contra mi espalda, con sus manos alrededor de mis abdominales, hace que mi erección sea lo suficientemente dura como para atravesar una puerta de acero.

Apretando los dientes, saludo a los tres chiflados. Los llamaré y les daré las noticias y mi gratitud más tarde.

Parece que ando acumulando favores por toda la ciudad. Pero cuando Jordy se inclina hacia mí y su cabeza descansa sobre mi espalda, pienso, *vale la pena.*

El trayecto hasta mi montaña dura una eternidad y cuando llegamos, ella se baja de la moto de un salto y se adelanta a mí, luego se apoya contra la casa mientras abro la puerta. Una vez dentro, dejo las bolsas que llevo y enciendo las luces antes de atrapar a Jordy. La levanto en brazos y me deja, ni un chirrido de protesta , y le doy un fuerte beso.

—Te he echado de menos, zorrita.

—Yo también. —Una sonrisa se dibuja en sus labios. Acarreo su peso contra mí y ella se arquea como un gato frotándose contra mi dureza. Joder, podría acostumbrarme a esto. Es por eso que Agustino la mantuvo enjaulada.

Pensar en el vampiro es como un cubo de agua fría para mi polla. Aflojo mi agarre y la dejo deslizarse hacia el suelo.

—¿Grizz? ¿Qué pasa?

—Nada. ¿Tienes hambre?

—Un poco —dice vacilante.

—Prepararé algo. —Voy al congelador de la nevera, empiezo a sacar artículos y golpearlos contra la encimera.

Ella se cierne detrás de mí.

—¿Hice algo mal?

—No —espeto, y repito en un tono suavizado—. No. Eres perfecta. Simplemente, ha sido un largo día.

—Por supuesto. —Se quita el polvo de las manos en su vestido—. Solo... Dime qué necesitas que haga.

Mientras se pasea alrededor de la cocina, intento volver a preparar la comida, pero todavía tengo el aroma de Jordy en mi nariz, su sabor en mi lengua. Me abalancé sobre ella tan pronto como cruzó la puerta, pero no protestó. La besé y me dejó hacerlo, como si estuviera tomando lo que me correspondía. Aprieto los dientes.

¿Estaría tan dispuesta a ofrecerle sus encantos al vencedor?

Tengo que despejarme la cabeza e informarle dónde está parada. Sea lo que sea que sintamos el uno por el otro, o hacia dónde nos dirijamos, no puede durar.

El pensamiento me da ganas de aullar.

—Las bolsas, zorrita. Ve a vaciarlas —le ordeno. Sintonizado con ella como estoy, escucho el crujido de las bolsas y espero a que recupere aliento antes de girarme.

Veo que lleva un gran bloc de dibujo en mano.

—¿Es para mí?

—No soy una gran artista. De todos modos, te dije que lo llevaría.

—No tenías que hacerlo, pero gracias.

—De nada. —Vuelco la carne en una olla y la pongo a fuego lento—. Tenemos algo de tiempo antes de la cena. Siéntete como en casa.

Voy al baño a limpiarme. Me quito la camisa y me examino en el espejo desgastado. Los malditos lobos me dieron unos cuantos golpes, pero los moratones casi han desaparecido. Los arañazos de los felinos, casi también. Solo hay unos pocos desgarros enrojecidos donde me clavaron las garras. No me sorprende que me las clavaran para retrasar la curación de cambiante.

La puerta se abre con un chirrido y Jordy se queda allí de pie, con los ojos abiertos de par en par mientras me examina el pecho desnudo.

—Las heridas están curadas —dice, viniendo y tocándome la espalda. Sus dedos se desplazan sobre mi piel, ligeros y suaves. Me quedo quieto y ella debe de tomarlo como una señal de aliento porque me acaricia con ambas manos por la extensión de músculos, luego envuelve sus brazos a mi alrededor y presiona su cuerpo contra el mío. Sus pechos me rozan la espalda cuando me abraza. Cielos.

No tiene idea de lo cerca que estoy de darme vuelta y abalanzarme sobre ella, separarle las piernas y embestir con mi polla su dulce sexo hasta que grite mi nombre.

Respiro hondo para tranquilizarme.

—Por supuesto que estoy curado —le digo bruscamente —. Solo recibí algunos golpes.

—Y arañazos y mordiscos —agrega, con una pizca de reproche en su tono. Me doy vuelta y le acaricio la cara—. ¿No te gusta que pelee, zorrita?

Mordiéndose el labio, niega con la cabeza. Dejo caer un beso en su frente, justo donde el cabello rojizo se encuentra con la piel pecosa.

—Mejor acostúmbrate, porque soy un luchador. Es lo que soy.

—Lo sé. —Su voz se amortigua en mi pecho desnudo. Sus dedos se deslizan sobre mis pectorales, trazando una cicatriz rugosa—. Tienes todas estas cicatrices.

—Deberías ver cómo quedó el otro tipo.

No esboza una sonrisa.

—¿Cómo te las hiciste? No fue luchando contra los cambiantes.

—No.

Me mira con el ceño fruncido. Sus dedos todavía se arremolinan sobre la cicatriz, confundiendo mis pensamientos. Una potente tortura que no puedo resistir. Unos minutos más, y no me perderé la oportunidad de meterla en mi cama. Tengo que decirle algo, sacarla de este tema peligroso.

—¿Le hiciste tantas preguntas a Agustino?

Su pequeño cuerpo se pone rígido. Cielos, ¿por qué

saqué el tema de esa sanguijuela? Jordy comienza a alejarse y la abrazo contra mí.

—Oye, no quise decir eso.

—Sabes que no—dice temblorosa—. Esa no era la relación que teníamos. Él era mi amo. Tenía que obedecerle.

—Jordy, lo siento.

Inclinando la cabeza, me mira entre el pelo que casi le ensombrece al cara.

—Tú no eres mi amo.

—No, no lo soy. —Me callo cualquier otra cosa que pueda añadir. No quiero ser su amo. ¿No quiero?

Frunce el ceño, pensativa, y sus ojos entrecerrados recorren mi cuerpo de arriba abajo. Me mide, me evalua. Tengo la sensación de que ve cada parte de mí. Por primera vez en mi vida, no estoy orgulloso de quién soy.

Incluso si quisiera poseerla, no debería permitírmelo. No estoy a la altura.

—Jordy... —Su nombre es dulce en mi lengua—. No soy un buen hombre.

Su ceño fruncido se profundiza.

—He... hecho cosas. No es que no esté orgulloso de ellas, pero lo que soy, lo que hago, no encaja en el mundo normal. El mundo en el que vives. El mundo que te mereces. —Joder, no me estoy explicando correctamente—. No soy como los tipos normales.

La comprensión ilumina sus ojos.

—No quiero normales.

Suspiro lo bastante fuerte como para volarle el pelo hacia atrás. Mi mano encuentra su cara y cierra los ojos. Tomo una imagen mental de mis manos tatuadas y ásperas a ambos lados de sus dulces mejillas pecosas. Es tan perfecta e inocente. Mi piel se ve sucia contra la de ella. No quiero tocarla. No quiero arruinar lo que es.

Pero lo haré si se queda.

—Debería enviarte lejos.

—¿A dónde me enviarías?

—A algún lugar seguro —murmuro contra su cabello—. Algún lugar lejos... de mí.

—No quiero irme. —Su mano busca mi mejilla—. No quiero estar en ningún otro lugar que no sea aquí. Contigo.

—No puedes saber eso. No sabes lo que he hecho. Lo que planeo hacer...

Se da vuelta y se quita el vestido por encima de la cabeza, girándose un poco. Me quedo atónito mientras lo deja caer al suelo y me sonríe por encima del hombro. Cuando balancea las caderas, toda la sangre sale disparada de mi cabeza y va directamente a mi polla.

—¿Y bien? —Se detiene en la puerta de mi dormitorio—. ¿Vienes o no?

Capítulo Once

Grizz

—Joder —murmuro, y me acerco a ella tan deprisa que sus ojos se abren de par en par. La levanto en brazos y la pongo sobre la cama tan de golpe que jadea.

Retrocedo.

—¿Te lastimé?

—No. —Ella se ríe—. Esto es lo que quería. —Sus manos me recorren y cuando encuentro su boca y la reclamo, se arquea en el beso.

Luego se retuerce por mi cuerpo.

—¿Zorrita? —Voy a por ella, la levanto de nuevo, pero sus manos están ocupadas en mis vaqueros y me quedo inmóvil.

—Shh —dice ella—. Solo relájate y disfrútalo. —Resopla—. Esa es mi frase.

—No tienes que...

—Lo sé. Quiero hacerlo. —Desabrocha y abre mis vaqueros como si desenvolviera un regalo. Estamos en penumbras, pero siento la reverencia de su contacto. El aliento caliente golpea mi piel.

—Espera. —No puedo creer que la detenga, pero la oportunidad de verla es perfecta para dejarla pasar—. Quiero verte.

Me acerco y enciendo la luz.

Jordy parpadea hacia mí. Me recuesto y dejo que se siente sobre mí para acariciarle la cara.

—No quiero que te detengas.

—Mmm —ronronea y acaricia mi polla. Comienza a lamerla con los ojos cerrados como si hubiera alcanzado el nirvana. Joder, no me va a mamar la polla, la va a adorar.

Su cabeza cae y gimo mientras lame mis bolas, girando su lengua como si estuviera lamiendo un cono de helado. Mareada de placer, dejo que se tome su dulce tiempo. ¿Cómo tuve esta suerte?

—Jordy... nena... Tienes que parar.

Ella sacude la cabeza.

—¿No te gusta?

—Sabes que me encanta. Pero voy a explotar.

Cuando sonríe, veo a la zorra en ella.

—Traviesa —gruño—. Chupa mi polla.

—Sí, señor.

Joder, voy a explotar.

—Ahora —ordeno y se acomoda, bajando la cabeza inmediatamente.

Ahí es cuando veo una masa blanca de cicatrices sobre su pecho izquierdo.

—¿Qué diablos?

Levanta la cabeza y la preocupación le surca la frente.

Toco la carne herida, las ronchas blancas donde la piel ha sanado. ¿Cómo no me he dado cuenta antes?

—No es nada —dice con expresión embotada. Un gran

cambio respecto a su habitual alegría. Parece una luz que se apagó.

Extiendo la mano sobre la carne rugosa, tan enfadado que no puedo mirarla directamente.

Jordy inclina la cabeza.

—No quiero hablar de esto.

—¿Quién te lo hizo? ¿Fue Agustino? —Apenas puedo pronunciar su nombre.

Con los ojos cerrados, niega con la cabeza. Atrapo su cabello para mantenerla quieta.

—¿Quién fue?

—No lo sé. Era otro vampiro. No sé quién. Agustino me entregó a él... como recompensa. Conoces mi relación con él. Hice lo que me dijo.

—Y te lastimó. —No es una pregunta. Los colmillos la desgarraron, tuvo que doler.

Jordy se aleja y se sienta en el borde de la cama, replegándose sobre sí misma. Recibo una bocanada de su aroma. No hay miedo, ni ira.

Vergüenza.

Mi furia desaparece.

—Shh, está bien. Sé que te marcó. Está bien.

—No está bien —dice con una leve voz que me mata.

Me acerco y cuando se encoge, me siento a horcajadas sobre su pequeño cuerpo entre mis pesados muslos, envolviéndola. Mi brazo la rodea justo a tiempo para sentir que da un sollozo seco.

Oh, joder.

—Oye —le digo, desesperado—. Oye, está bien. No quise reaccionar así. Es solo... —Busco palabras para describir la rabia que se está gestando en mi pecho—. La idea de que te hicieran daño así... me dan ganas de matar.

—Es culpa mía —dice.

—Jordy, no. De ninguna manera es tu culpa.

Ella mantiene la cabeza inclinada.

—¿Qué pasó? ¿Quieres hablar de ello?

Niega con la cabeza.

—Está bien, no tienes que hablar. —Diablos, ¿qué le digo? Le pongo el antebrazo delante— ¿Ves esto?

Ella asiente.

—¿Qué ves?

—Tatuajes. Muchos.

—Una manga entera.

—Sí.

—Siéntelos, Jordy. Tócalos.

Cuando lo hace, aprieto los dientes. Su contacto todavía me tiene duro. Espero hasta que llegue a mi parte favorita del tatuaje, una secuoya gigante. Pasa el dedo por el tronco y se detiene.

—¿Sientes eso? —le pregunto hundiendo mi cara en su cabello. Incluso su aroma es perfecto—. ¿Sabes lo que es?

—Una cicatriz.

—Sí. Grande. Me pillaron con un cuchillo.

—Pero cómo... —se detiene. Sabe lo que marca a un cambiante.

—Sangre de vampiro. Traté de clavarle una estaca al hijo de puta. Me dio con sangre e hizo que la herida del cuchillo dejara la cicatriz.

Se gira en mi regazo con los ojos muy abiertos ante mi declaración.

—Luchaste contra un vampiro.

Más de uno, pero no necesita saberlo. Se ve absolutamente sorprendida y lo entiendo. Porque luché contra un vampiro y todavía respiro.

—No es posible —susurra.

—Toca mi brazo.

Lo hace, más vacilante. La llaga atraviesa el corazón del tatuaje de secuoya y se convierte en una ola en un océano, la Gran Ola de Hokusai. Más allá, alrededor de mi brazo, hay aguas plácidas con un barco que navega hacia el horizonte.

—¿Cómo te escapaste?

—Suerte. —Es una verdad parcial—. No puedo decirte mucho.

—¿No te acuerdas?

Me encojo de hombros. Algo en sus ojos me hace preguntar:

—¿Te acuerdas? —Toco su cicatriz de nuevo, suavemente, pero se estremece.

—No. —Su rostro se cierra de nuevo—. No completamente.

—Tuvo que derramar sangre de vampiro sobre ti para que quede la cicatriz. Mucha.

—Lo sé —dice suavemente.

No quiero preguntar. ¿Qué vampiro enfermo desgarra a su víctima y la empapa en su propia sangre solo para hacerle daño?

No es de extrañar que Jordy tenga pesadillas.

—Entonces, ¿cómo te quedó cicatriz? —pregunta.

No quiero seguir por ese camino, pero si la aparta de su oscuro tormento, lo haré.

—De la misma manera que tú. Por la sangre de vampiro. Mucha.

—¿Sangró sobre ti?

—No por elección. Se quemó como una momia, pero al final lo conseguí.

Permanece en silencio, contemplativa, sus dedos todavía recorren mi brazo. Su tacto se desvanece y vuelve hacia el tema en el que no quiero que piense.

—Luchas como un vampiro. Sé que sí. Te vi.

—Jordy...

—¿Cómo lo haces? ¿Cómo es posible?

Sacudo la cabeza, apretando los labios. No podemos ir allí.

—Declan y Parker hablaron de eso. Los vampiros son más grandes, más rápidos, más fuertes. Los cambiantes son todas esas cosas, pero cara a cara, los vampiros siempre vencen a los cambiantes.

—Tienes razón. Hasta donde yo sé, soy el único cambiante que ha vencido a un vampiro. Hay una manera de hacerlo, pero solo yo sé cómo. —Joder, ¿por qué le digo esto? Si algún vampiro descubre lo que ella sabe, su vida correrá peligro. Por no hablar de la mía.

—¿Cómo?

—Es un secreto. No puedo decírtelo.

Su mano cae sobre su propio pecho.

—Sueño con él, a veces. El vampiro que me hizo esto.

—Lo sé, zorrita. —La he sostenido durante esas pesadillas—. Le mataré.

—No. Ojalá fuera más grande, más fuerte, más rápida, para poder defenderme. Pero no lo soy. Siempre seré pequeña. —Suena muy triste. Quiero consolarla y no tengo idea de cómo—. Y ahora tengo cicatrices feas. Agustino estaba tan enfadado después de... Él me vio. Nunca me trató igual después de esto.

—Debería haberte protegido —gruño—. No fue tu culpa.

Cierra los ojos y las lágrimas se derraman, magnificando las pecas.

—Zorrita, dulzura. —La acerco más en mis brazos—. No llores. Me rompes el corazón. Si hubiera estado allí, te habría protegido.

—Lo sé.

—Estoy aquí ahora. Ningún vampiro te volverá a tocar.

Ella sacude la cabeza.

—Tengo que volver. Lo sabes. No puedes robarle a un vampiro.

—No va a poner sus manos sobre ti otra vez —gruño.

Sus ojos se deslizan hacia la puerta. Agarro su cabello.

—No. No huyas. Estamos juntos ahora. Si crees que vas a volver con él después de esto...

—Grizz, por favor.

—No, Jordy. —Le inclino la boca hacia arriba—. Él no puede tenerte.

Sus ojos se abren y se encuentran con los míos.

—Entonces, ¿quién? ¿Quién puede tenerme?

—Nadie.

—No quiero no pertenecer a nadie.

—Te perteneces a ti misma.

—Lo sé. Pero quiero entregarme a alguien.

No debería preguntar, pero no puedo evitarlo.

—¿A quién?

Se lame los labios.

—A ti.

—Jordy. No puedo... —Esto me está matando. Hasta el cuchillo en mi brazo, la quemadura de la sangre de vampiro, duelen menos.

—Lo sé. —Pone sus deditos sobre mis labios—. Shh, lo sé.

—Lo siento. No es justo para ti, zorrita. Debería dejarte, pero no puedo. No hasta... —No hasta que encuentre a alguien mejor para llevarla. Debería decírselo, pero no puedo.

Con un leve asentimiento de cabeza, se aleja. La dejo ir.

Pero luego comienza a deslizarse entre mis rodillas de nuevo.

—¿Qué estás haciendo? —La esperanza y la alarma se mezclan en mi voz.

—Me salvaste de él. —Pone sus manos sobre mis rodillas, su cara en mi entrepierna—. Déjame agradecerte.

—Quiero más que tu gratitud —gruño, tirando de su cabeza hacia atrás desde el cabello.

—Entonces, ¿qué quieres? —Sus ojos color whisky me miran, muy abiertos, ingenuos y absolutamente devastadores. Me desnudan y destrozan cada muro que he levantado entre nosotros.

—A ti, zorrita. Te deseo. Pero no puedo tenerte... —Mi voz se vuelve irregular mientras ella tira de mi agarre, poniendo sus labios cerca de mi entrepierna.

—Solo por esta noche entonces. Solo por esta noche.

Si le tiro del pelo más fuerte, la lastimaré, así que la suelto. ¿Quiere darme una mamada? Joder, vaya si puedo detenerla. Apenas puedo pensar con su cabello rojizo derramándose sobre mi muslo, sus labios rozando mi polla.

—Joder, sí. Zorrita, nena...

—Me encanta cómo me llamas *zorrita* —dice, su aliento sopla sobre mi turgente erección—.Tu zorrita. —Su lengua sale y me lame. Joder, voy a explotar.

—Zorrita, por favor.

Su sonrisa es engreída.

—Me gusta ser tu zorrita. Me haces sentir pequeña y linda.

—Eres pequeña.

Ella arruga la nariz.

—También eres linda, pero no solo eso. —Estiro la mano y le alboroto el pelo con mis dedos romos—. Eres preciosa.

Con una tranquila sonrisa de satisfacción, abre la boca y

envuelve mi polla. Se encienden luces en mi cerebro, mis caderas se sacuden follando su boca. Se deja llevar, menea la cabeza, y su boca succiona a la perfección. Me toma hasta la raíz, una locura, dado lo grande que soy y lo pequeña que es ella.

Me hace vibrar y siento que me van a estallar las bolas.

—Jordy. —Le doy un tirón—. Te deseo. —Quiero entrar en ella, pero no hay tiempo—. Voy a correrme. —La deseo. Ella chupa más fuerte, succiona cada chorrito de simiente que sale de mí.

Con un rugido empujo fuerte en la boca, ella lo toma, cada centímetro.

El simiente gotea obscenamente por el costado de su boca. Debería enfadarme por haberla mancillado, en cambio quiero tumbarla, hacerla gritar, embestirla y hacer un hermoso desastre en mi cama, para luego arrullarla en mis brazos y canturrearle lo preciosa que es. Ella me dejará. Me permitirá todas las depravaciones que quiera, y yacerá allí, con la inocencia hecha jirones, y sonreirá.

Metiendo mi mano en su cabello, la mantengo quieta y la beso, lo bastante fuerte como para magullarla. Mi barba incipiente le raspa su tersa piel, pero si le duele, no da ninguna señal. Se retuerce debajo de mí con las piernas envueltas alrededor de mis caderas, tirando de mí más cerca, rogando por más.

Beso su cuerpo, sintiendo su corazón, los pechos irritados, las manos suplicantes.

—Por favor, Grizz, por favor, oh, sí...

Le llevo las piernas a mis hombros y entierro la cara en su coño. Cielos, sabe tan malditamente bien.

—Te voy a comer, nena. voy a lamer cada gota. —Mi lengua, áspera y ancha, lame toda la piel que puedo. Se retuerce bajo el ataque, pero sus manos agarran mi cabello, tirando de mí con más fuerza.

Eso es todo nena, déjate ir. Mi mano encuentra su pecho y lo aprieta. Llevará las marcas de mi barba áspera, de la conquista de mis manos. Separo sus piernas y vuelvo a asaltar su dulce coño con mi lengua, arrancándole nuevos gemidos. Joder, quiero más.

La doy vuelta y le azoto el culo, gruñendo de placer ante la huella roja de mi mano en su pálida carne. Quiero marcarla. Quiero poseerla. Quiero que me sienta en todos los sentidos. La vuelvo a azotar, sin malicia, pero lo suficientemente fuerte como para dejarle una marca.

Arquea la espalda y empuja su trasero hacia mí.

—Más fuerte —ordena—. Más.

—No das las órdenes aquí. —Meto mis dedos en su coño empapado. Sería demasiado duro si no estuviera tan mojada.

—Joder, zorrita, estás tan lista. ¿Me quieres?

—Sí —gime, con la cabeza cayendo a la cama—. Sí, por favor.

—Voy a follar este coño. Pero no ahora. Esta noche, me daré un festín. —Me tumbo boca arriba, tirando de ella a horcajadas sobre mí. Parpadea, aturdida, con el pelo cayéndole alrededor de la cara cuando me mira. Sus pezones me apuntan, atentos. Su aroma me rodea.

Mis manos le sujetan las caderas. Intenta apartarse de mí y la agarro más firme.

—Te voy a comer. Frótate en mi cara, nena. Toma tu orgasmo, tómalo todo. —La tiro hacia abajo y gruño directamente en su coño—. Esa es una orden.

Sus caderas caen haciendo lo que le ordeno, balanceándose hacia adelante y hacia atrás, frotándose contra mi cara. La abro de par en par y me la como, mi lengua subiendo por su estrecho canal, mis dedos clavándose en sus calientes nalgas. Jadea, se frota con más intensidad y un enorme gemido brota de su cuerpo ágil. Sus muslos se aprietan a ambos lados de mi cabeza. Joder, quiero alcanzar mi polla y darle unas sacudidas, pero si la suelto, ella se caerá.

Su orgasmo la impacta como un rayo y lucho por mantenerla erguida, ya que un espasmo tras otro devastan su cuerpo. Mis brazos la sostienen mientras meto tan profundamente la lengua como puedo, amando la sensación de sus músculos internos apretándose sobre mí.

—Joder, te vas a sentir tan bien con mi polla.

Con un grito final, se inclina y la dejo levantarse para acomodarla en la cama. Me arrodillo sobre ella como un guerrero conquistador que examina su botín. Tiene el coño húmedo, en carne viva y enrojecido por mi barba. Acogerá mi polla allí, pero no esta noche. Esta noche la marcaré como mía.

Sacudo mi polla sobre su cuerpo. Con ojos perezosos levanta la mano para ayudarme y la envuelvo con la mía, tirando de mi polla hasta que mi semilla se le derrame encima. Le agarro la muñeca:

—Tócala. Extiéndela sobre ti. —Espero hasta que se unte mi simiente por toda su piel de gallina.

No sé a dónde va esto, pero esta noche, es mía. Cuando la besé junto a la puerta, la dejé a un lado y eligió seguirme al baño. Desnudarse en el pasillo y hacerme señas para que entrara en el dormitorio. Tuvo la oportunidad de evitar esto y me eligió a mí.

Para bien o para mal, su destino está sellado, pero no parece importarle.

Cuando termina de pintarse la carne con mi semen, se lleva los dedos a la boca. Y los lame hasta dejarlos limpios.

Joder. No puedo más.

* * *

Jordy yace dulcemente saciada en mi cama. Consigo un paño y la limpio, admirando cada marca que he hecho en su cuerpo. Por supuesto, eso me conduce a besarle cada centímetro de su carne enrojecida, desde sus mejillas ruborizadas hasta su bien azotado culo. Termino tumbándola otra vez sobre mi regazo, sujetándola por el cuello, mientras mis dedos la llevan a un orgasmo final.

Cuando suena el temporizador de la olla de cocción, tengo que luchar para volver a la realidad.

—Zorrita, es hora de comer.

Está tan exhausta, que tengo que sostenerla en mi regazo y darle unos bocados en la boca, alimentándola poco a poco, lo cual me va bien. Entre bocados, la beso, saboreando la salsa. Se incorpora más a medida que come, con la cara todavía enrojecida de tantos orgasmos.

—Oso malo —murmura, pasándome un dedo alrededor de la boca. Lo muerdo.

—Zorra mala, entras en mi casa, comes toda mi carne y duermes en mi cama.

Jordy pone cara larga.

—Esta carne está demasiado caliente. —Mira la porción que le ofrezco—. Esta carne está demasiado fría. —Se retuerce en mi regazo y, a pesar de haberme liberado dos veces antes, mi polla se endurece—. Esta carne es perfecta.

—Zorra mala —gruño, y le llevo el bocado a la boca—. Ábrela.

Me obedece, esperando que le dé el bocado.

—Te daré mi carne tan a menudo como pueda.

—Mmmm.

Le acerco otro bocado en los labios y sacude la cabeza, desviándolo hacia mi boca. Me como la porción destinada a ella y cuando mete la mano en la olla, dejo que continúe alimentándome como yo la alimentaba. La complazco, lamiendo la salsa de sus dedos.

—Basta —le digo entre lamidas. La levanto y la llevo de vuelta a la cama.

—Tienes que comer más.

—Prefiero comerte a ti.

—Ya lo hiciste.

—Quiero más.

Jordy se ríe.

—Más tarde. Tal vez. —La dejo en el suelo y acomodo las almohadas detrás de ella—. Ahora tengo que limpiar. Quédate —le ordeno cuando comienza a seguirme—. Quiero que te relajes.

—Vale, Grizz —dice contenta. Le entrego el bloc de dibujo y me agradece de nuevo.

—Dibujaré algo para ti.

—Prefiero que dibujes algo para ti.

Ella ladea la cabeza.

—¿Como qué?

Extiendo el brazo y flexiono mis bíceps tatuados debajo de la manga.

—¿Te gusta mi tatuaje?

Sus ojos están adormecidos de deseo. Joder, es un giro inesperado.

—Puedes hacerte un tatuaje propio, ya sabes. Si quieres, puedes cubrirte las cicatrices.

—¿Crees que debería? —Se muerde el labio.

—Creo que eres preciosa como eres. Pero si te molestan, sí, zorrita. Dibuja algo para entintarlas. Son parte de ti ahora. También podría hacerlas hermosas.

—Está bien —dice suavemente—. Veré qué puedo dibujar.

—Buena chica.

La dejo con las rodillas levantadas, el bloc de dibujo delante, la lengua asomándose mientras se concentra. Linda y pequeña zorrita.

Limpio la cocina, maravillado de que así podría ser mi vida, entre tareas domésticas mientras una dulce zorrita me espera en la cama.

El contestador automático parpadea con un mensaje que recibí después de las siete de la tarde. Pulso el botón de reproducción y vuelvo a fregar los platos. Se enciende una voz ronca, una que reconozco vagamente. Me paralizo.

"Oso". Una pausa y el locutor respira fuerte y enfadado. Oigo el chasquido de dientes: un vampiro rechinando los colmillos. El sonido me pone los nervios de punta. "Tienes algo mío. Quiero que me lo devuelvas". El mensaje termina.

Así que Agustino descubrió quién se llevó a su mascota y la quiere de vuelta.

—Qué lástima, carajo —le digo al contestador. Si esa sanguijuela estuviera aquí, yo...

Un ruido me hace girar. Es Jordy de pie en la entrada de la cocina con los ojos muy abiertos. Encuentra mi mirada con la suya, horrorizada.

—Vuelve a la cama —le digo, sin presionar para convertirla en una orden. Quiero retroceder en el tiempo y borrar el mensaje. O mejor aún, al tiempo antes de que su familia la vendiera, para poder encontrarla, seducirla y quedármela.

Lástima que el tiempo no funcione así.

—¿Fue eso...? —Le tiembla el labio. Más que nada quiero abrazarla.

—Sí. —Voy a pulsar el botón de eliminar pero me detiene la mano. Ella pulsa la repetición y ambos escuchamos el mensaje otra vez. Después, cuando voy a borrarlo, no me detiene.

—¿Tenía tu número?

—No. Debe de haberlo conseguido de los libros de Toxic. —Trato de sonar tranquilo. Mi información está en los archivos del rey, al igual que la de todos—. No pasa nada. Mi dirección no aparece en la lista.

—Vendrá a por mí.

—No sabe dónde estás. Estás bien, zorrita, me ocuparé.

Voy a la puerta para revisar las cerraduras, por si acaso. Haber hecho de este sitio una guarida evitará que un vampiro cruce el umbral, pero no mantendrá alejados a otros ladrones. Afortunadamente, humanos. Soy el único cambiante que conozco que trabaja con un vampiro.

Los humanos no me preocupan, puedo con ellos.

Cuando me doy la vuelta, Jordy todavía está junto al contestador automático, congelada.

—No pasa nada —le digo de nuevo.

—Tienes que dejarme ir —susurra.

—Joder, no. —Voy hacia ella y la abrazo. Se retuerce y aprieto más fuerte—. No va a suceder.

—Grizz, por favor. —Normalmente me gusta cómo suena cuando me suplica, pero no de esta manera—. Agustino sabe que me tienes. No va a parar.

—No te va a recuperar...

—Te matará —espeta. Tiene las pupilas dilatadas, en pánico total,

—Puede intentarlo. —La sujeto sacudiéndola un poco—. Cálmate, zorrita.

—¡Es un vampiro!

—Y yo mato vampiros —le gruño en la cara. Todavía está conmocionada. Joder, solté mi secreto—. Yo mato vampiros —repito más tranquilo. No estoy enfadado con ella. Tengo la tentación de acudir al zumo. Tengo suficiente sangre y rabia en este momento, podría luchar contra el mundo y ganar.

—Me has dicho que mataste a uno de pura suerte.

—Al primero con el que luché no lo maté. Me escapé, y eso fue suerte —admito—. Mató a alguien que yo amaba. —Trago saliva. No se lo he contado a nadie más que a Frangelico. Y solo se lo conté para que comprendiera la seriedad de nuestra alianza.

Jordy permanece quieta y en silencio, esperando. O tal vez solo intente procesar mis palabras. La llevo a la cama y me siento manteniéndola en mi regazo.

—Sucedió cuando era adolescente. Poco después de transformarme por primera vez... Un vampiro andaba por ahí... de caza. Le gustaban las cambiantes o tal vez mi madre simplemente lo sorprendió.

—¿Y estabas allí?

—No hasta que fue demasiado tarde. Él la mató. —Por un momento la realidad se desvanece y veo la cocina estrecha y alargada, la mesa de madera, la sangre que se derrama por la pared y gotea hacia el cuerpo detrás de la silla—. Lo alcancé y apenas escapé con vida. Pero fue antes de que aprendiera a luchar contra vampiros. —No pude matar al vampiro asesino, pero le hice derramar sangre. Lamiéndome las heridas más tarde, sentí el subidón, la explosión de energía, y descubrí cómo podría obtener mi venganza.

—Lo siento —dice Jordy tiernamente. Veo su rostro ahora.

—Fue hace mucho tiempo. No he visto al bastardo desde entonces.

—Pero todavía le estás buscando.

—Sí. Tan pronto como termine con esta tarea, volveré a mi cacería.

—¿Sabe...? —Jordy vacila.

—Pregúntame.

—¿Sabe Frangelico que persigues a un vampiro?

—Lo sabe. Por eso nos asociamos. Conoce mi pasado. Apoya mi búsqueda. También es el motivo por el que no puedo poseerte, zorrita. Tengo que dejarte ir. Yo no... No puedo tener una relación.

—Así que me vas a liberar.

—Todavía no —gruño más fuerte de lo que quiero—. No hasta que me haya ocupado de Agustino. Debo castigarle por lo que te ha hecho.

—Grizz. —Sus manitos me acarician la cara—. No puedes retenerme aquí.

—Voy a mantenerte a salvo.

—Vendrá a por ti. No quiero que te haga daño por mi culpa. No valgo la pena —dice, con la tristeza encendida en su aroma.

—Para mí sí la vales. No vuelvas a decirlo nunca más. Lo vales todo. Quiero darte el mundo entero.

—Grizz. —Jordy cierra los ojos.

—No te voy a llevar con esa sanguijuela —juro salvajemente—. Te usó y abusó de ti. No te recuperará. Jamás.

—No puedes evitar que vaya con él.

—¡Una mierda que no puedo! —Mi oso gruñe por sangre de vampiro. Me levanto y me cargo a Jordy al hombro.

* * *

Jordy

. . .

Me contoneo para ver adónde me lleva Grizz. Va a sus cajones y hurga. Su gran mano me da una palmada en el culo cuando forcejeo.

—Quédate quieta.

—Grizz, vamos. Sé razonable. —Me sometería si no estuviera tan aterrorizada por él. En cualquier momento, Agustino podría llegar y atacar.

—No puede entrar, zorrita. Tengo un umbral. Este sitio es mi hogar.

—Puede enviar gente.

—Humanos —resopla como si eso lo dijera todo.

—Podrían tener armas.

—Puedo sanar antes de que una bala me mate.

—¿Y una bala en la cabeza? —argumento. Oso obstinado. Regresa a la cama y me suelta ahí. ¿Qué puedo decirle para que se preocupe por él?— ¿Y qué hay de mí? Podría quedar atrapada en el fuego cruzado.

—Sí. Ya lo pensé. —Tiene una cuerda en la mano.

—¿Qué estás haciendo?

—Atándote a la cama. —Me agarra de la muñeca y comienza a asegurar un brazo al cabezal.

Normalmente, la idea de que el gran y precioso Grizz me ate me habría extasiado. Esta noche, solo quiero aullar.

—No funcionará —espeto. Nunca he luchado tanto en mi vida. Grizz me está contagiando. Se acerca a mi cara y le muestro dientes. Roeré cualquier cosa que me ponga.

—Bien. —Con cara impertérrita, se endereza y enrolla la cuerda alrededor de su muñeca.

—¿Qué haces? —No me sujeta a la cama, pero tengo demasiada curiosidad.

—Atándote a mí. —Intenta alcanzarme pero me escabullo. Llego hasta la puerta antes de que me agarre. Rápido como un vampiro, por supuesto que puede atraparme. Con un brazo alrededor, me lleva de vuelta y me pone boca abajo en su regazo.

—¿Qué haces? —grazno.

—Castigo, zorrita.

—No —espeto, pero ya me está azotando. No demasiado fuerte, ni siquiera cerca. Si estuviéramos jugando, le diría que quiero mucho más. Todo lo que su palma logra es excitarme.

¡Oso malo!

Me da una palmada en el trasero y pataleo, aullando.

—Pensé que eras sumisa —se ríe. Me roza el coño con los dedos y grito más fuerte—. No importa. Estás mojada.

Me levanta. Antes de que pueda protestar, ha enrollado nuestras muñecas. No sé cómo hace un nudo con una mano, pero cuando termina, tiro y tiro, y nada. Retira el brazo sonriendo directamente en mi cara.

—Estás atrapada ahora.

—¿Cómo vas a luchar contra un vampiro atado a mí?

—No necesito luchar contra un vampiro. Agustino no nos va a encontrar esta noche. De la forma en que lo veo, solo tengo que mantenerte atada a mí para poder descansar un poco. Si sigues luchando, zorrita, puedo follarte para que obedezcas.

Respiro. *Como si eso fuera a disuadirme..* Quiero decirle. Pero tengo que ser fuerte.

—¿Crees que funcionará?

—Sí. —Me acaricia el coño con la otra mano—. Sí.

Es tan molesto, pero no se equivoca. Sus dedos me acarician, me quedo quieta, sin querer que se detenga. No se detiene y suspiro, tratando de recordar de qué estábamos discutiendo. Levanta nuestras muñecas atadas.

—Puedes roer esto. Pero podrías hacerme daño. Si te vas esta noche, Jordy, si huyes, me harás daño.

Se me corta la respiración, el dolor me apuñala el corazón. No hay forma de que pueda huir ahora.

Permanezco despierta mucho tiempo después de que apaga la luz, con la mente que me da vueltas aun cuando me abraza fuerte, segura y cálida. Me pregunto si sabe la verdad de la que me he dado cuenta: la cuerda que me rodea la muñeca es el menor de los lazos que me unen a él.

Capítulo Doce

G*rizz*

El aroma del tocino crujiente me llega a la nariz y me despierto de golpe. Al instante, tanteo la cama, a mi lado. ¿Y Jordy? El lugar todavía está cálido, pero mi mano no la encuentra a ella. Algo me da en la cara y me sobresalto hasta darme cuenta de lo que es. La cuerda. La misma que enrollé alrededor de nuestras muñecas. Joder.

Me pongo de pie y recorro la mitad del pasillo antes de relacionar el olor a tocino con la ausencia de Jordy. Llego a la cocina y me detengo. Jordy está parada frente a los fogones, vestida con nada más que una de mis camisetas, friendo tocino. Se liberó de la atadura, pero se ha quedado conmigo.

—Hola —digo. Curva la mejilla en mi dirección y cada gota de sangre en mí cae a mi polla. Me apoyo en un armario apretando los dientes.

—¿Dormiste bien? —me pregunta y cubre la sartén para volverse completamente hacia mí. Sus ojos se abren de par en par ante mi erección—. ¿Eso es para mí? —suelta dulcemente, se acerca y se arrodilla frente a mí. Inclina la cabeza

171

hacia atrás y su sonrisa casi me pone de rodillas—. Déjame ocuparme de esto.

Oh, joder, sí.

Sujeta la base de mi erección para que sobresalga aún más y gira la lengua alrededor de la corona. Un estremecimiento de placer me recorre, golpeando la base de mi columna vertebral.

—Joder, zorrita. —Enredo los dedos en su cabello, lo aprieto en un puño. Jordy levanta los ojos hacia los míos mientras me introduce profundamente en su boca, hasta el fondo de su garganta. Tengo que obligarme a no pensar en el cabrón que la entrenó para esto, aunque debería estar agradecido porque es la mejor mamada de mi vida. Nada se compara con la sensación de que me engulla de esta manera.

Uso mi puño en su pelo para dirigir sus movimientos, tirando de ella dentro y fuera de mi polla. Mis muslos comienzan a temblar, las bolas se se tensan. Entre sus manos, labios y lengua, me derramo en su boca antes de que se queme el tocino.

El desayuno también está bueno.

—Joder, zorrita, sabes cocinar.

Sonríe a su plato.

—Me alegro de que te guste.

—Joder, sí —juro con vehemencia y ella se ríe—. Nadie ha cocinado para mí desde... —Dudo y sus ojos vuelan a los míos—. Desde mi mamá —digo honestamente—. Ni siquiera he compartido una comida con nadie.

—Lo siento. —Se acerca y me aprieta la mano. La tomo y le doy la vuelta, acunándola en mis rudas piernas desgastadas por la lucha. Es como atrapar un pajarito. Pequeño, suave, frágil. Indemne.

—Yo también.

Después de un momento, se sienta en mi regazo. Mi polla vuelve a responder, pero espero a ver qué hará. Me sujeta la cara y pone su frente contra la mía. Frota la cara en la mía y se siente como una absolución. La opresión en mi pecho se alivia un poco.

Cielos, ella me pone tierno.

—¿Has comido suficiente? —le pregunto bruscamente; cuando ella asiente, le ordeno que se baje de mi regazo—. Vístete. Vamos a salir.

Jordy no hace preguntas, solo obedece, entonces la saco de mi guarida y la llevo a mi moto. Todavía no pregunta, ni siquiera cuando me acerco a la maltrecha tienda con un letrero en rojo que proclama "Tatuajes personalizados". Se baja de la moto y me deja guiarla con mi mano en su espalda.

—Este tipo trabaja con cambiantes. Me hizo este. —Levanto el brazo lleno de cicatrices, el que tiene la manga completa—. Es el tatuador de la manada de lobos. —Saco su bloc de bocetos de mi chaqueta—. Tenemos unas horas. Pensé que podías dibujar algo y hacerte uno, si quieres.

Ya dentro de la tienda, le presento a Dick, el artista. Una vez que se siente cómoda, me disculpo para retirarme. Dejé claro que no tiene que hacerlo si no quiere, pero si se lo hace, lo pagaré. Me dirijo al exterior para darle privacidad. Un tatuaje es personal, y solo soy un tipo que conoce desde hace unos días. En cambio, tendrá esa tinta en la piel para siempre.

De pie en la acera, hago algunas llamadas. Una, a la compañía que alquila el teatro para ver si puedo conseguir alguna pista. La línea suena y suena. Nada. Veré si Frangelico puede hacer averiguaciones.

Mi teléfono suena con una llamada entrante. Declan ni siquiera saluda, solo me lanza las palabras:

—Hay una pelea esta noche. No lo olvides.

—No me he olvidado. ¿Estarás allí?

—No me la perdería.

—Genial. Necesito que vuelvas a cuidar a la zorrita.

—No te preocupes. No hay problema.

Aprieto los dientes.

—En realidad, podría haber problemas. Agustino sabe que me la llevé.

Un torrente de palabrotas es lo que obtengo tras esa noticia.

—Robarle a vampiros. Eso hará que te maten.

—Lo sé. Estoy trabajando en ello.

—¿Para que te maten?

—No —gruño—. Para liberarla. Quiero saber quién filtró la noticia de que está conmigo.

—Maldita sea si lo sé. Probablemente uno de los cambiantes con los que peleaste, queriendo vengarse de ti. Ya tienes enemigos, Grizz. Y los vampiros saben cómo conseguir información. Sus espías están en todas partes.

Uf. Un callejón sin salida. Declan no sabe nada.

—De acuerdo. Pero me vas a ayudar a cuidar a la zorrita. No va a volver a Agustino, eso es definitivo.

Declan suspira.

—¿Algo más?

Le cuento lo que encontré alrededor de la parada de camiones y en el teatro.

—Necesito ojos en ambos. Pagaré. ¿Crees que puedes hacerlo?

—Sí. Te costará.

—Vale. De acuerdo. —Le pasaré la factura a Frangelico.

Como si pudiera escuchar mis pensamientos, Declan dice:

—Es peligroso trabajar para el rey vampiro.

—Lo sé. No lo haría a menos que tuviera que hacerlo.

Debo de estar loco para ofrecer ese poco de información. Pasar el rato con Jordy me ha ablandado, estoy más dispuesto a abrirme y conectar. Si no me controlo, repartiré pulseras de la amistad y haré que los tres chiflados me trencen el pelo.

—No sé qué impulsa a un cambiante a asociarse con un vampiro —insiste Declan cuidadosamente— pero sí sé esto: los vampiros son peligrosos, y el rey es el más peligroso de todos. Estás nadando en aguas infestadas de tiburones, Grizz.

Suspiro.

—Lo sé.

—Asegúrate de no sangrar.

Aprovecho unos minutos más para hacer llamadas. Estoy a punto de volver a entrar en la tienda para preguntarle a Jordy qué quiere para el almuerzo cuando la puerta se abre y ella sale.

—¿Estás lista para irte?

—Sí.

—¿No te tatuaste nada?

Con manos vacilantes, se baja la camisa y me muestra el vendaje con gasa blanca y cinta adhesiva sobre su pecho izquierdo. Consiguió algo para cubrir la masa de cicatrices en su corazón.

—Muy bien, zorrita. —Oculto mi decepción por no haber podido verlo. Si me lo quiere mostrar, lo hará. No soy nadie para saber o preguntar—. Vamos.

* * *

Jordy

· · ·

Grizz y yo pasamos el día juntos haciendo lo que queremos. Después de una parada para comprar tacos, le digo a Grizz que amo su moto, y entonces me lleva por un largo y serpenteante paseo por la ciudad.

Su Harley gira lentamente por la montaña A, la montaña que tiene la gigantesca letra A blanca por la Universidad de Arizona, y comemos en el mirador. Después, vamos a un pequeño parque y caminamos por un sendero entre cactus, tomados de la mano como una pareja. Por la noche, cenamos en un restaurante, donde Grizz sorprende a la camarera con la cantidad de comida que ordena.

—Tengo que pelear esta noche —acota—. Necesito cargar combustible.

—¿Es por eso que te lo tomaste con calma hoy? ¿Para prepararte para la pelea?

—No. —Deja su tenedor y me acaricia la mejilla—. Quería pasar tiempo contigo.

No puedo dejar de sonreírle. Es estúpido y poco inteligente de mi parte. Debería hacerme la dura. Pero cada vez que estoy con él, es como si se encendiera una luz. Sonrío, brillo, me siento cálida como si me hubiera tragado un sol.

—Me gusta verte feliz, zorrita —me dice.

Estoy feliz, quiero decirle. *Pero solo contigo cerca.*

Cuanto más se aproxima el anochecer, más serio se vuelve y su sonrisa se desvanece con la luz del día. Cuando los últimos rayos de sol mueren detrás de las montañas, él se pone de pie y arroja un billete de cien dólares sobre la mesa, entre los platos vacíos.

—Es hora de irnos.

Me agarro fuerte de él mientras nos dirigimos por la parte industrial de la ciudad. Detrás de nosotros, dos moto más se lanzan a la carretera y nos flanquean, alcanzándonos cuando nos detenemos en un semáforo en rojo. Grizz se pone rígido en mis brazos pero mantiene la cabeza recta. La luz se pone verde y nos alejamos a toda marcha, pero las dos motos nos siguen. Para cuando estamos en el desvío hacia el club de lucha, más motos se han unido a nosotros.

—¿Quiénes son? —pregunto cuándo nos volvemos a detener en un semáforo.

—Lobos. La manada de Tucson.

Miro hacia atrás y uno de los moteros me saluda. Un grandullón tan grande como Grizz. Tiene las fases de la luna tatuadas en los nudillos. Todos las tienen.

Mi propio tatuaje me pica debajo del vendaje. No me dolió demasiado. Recurrí a mi entrenamiento de sumisa, respirando profundamente y entregándome a la aguja. La peor parte fue la quemadura de la sangre de vampiro para fijar la tinta. Me pregunto si los lobos saben sobre la sangre de vampiro, cómo es la forma más efectiva de dejarle cicatriz a un cambiante.

Aparcamos y Grizz espera hasta que me baje para desmontar. Su mano me cubre la espalda mientras caminamos hacia la puerta del club de lucha, donde hay grupos de metamorfos esperando, muchos moteros y pandilleros. Casi me tropiezo cuando reconozco a algunos de los felinos que atacaron a Grizz.

—No pasa nada —susurra Grizz rodeándome los hombros con el brazo—. Estamos a salvo esta noche. Los lobos no dejarán que nadie me toque. No hasta que esté en el ring.

Efectivamente, los lobos moteros nos siguen. Para cuando llegamos a la puerta, nos han rodeado por completo. Respiro hondo para que mi zorra no entre en pánico. No le gusta que la cerquen todos estos depredadores. Tendría más miedo si no estuviera con Grizz.

En el interior, los lobos desaparecen y Grizz me lleva directamente al bar. El club es mucho más agradable de lo que pensaba que sería, con mesas y barras de madera maciza y reciclada, bombillas Edison expuestas y suelo de hormigón. Hasta los bolsillos abultados de los cambiantes encajan con el rústico encanto de este sitio.

Una vez que Grizz pide unos chupitos, el camarero los sirve dos vasos. Tintineando el suyo con el mío, Grizz se lo traga de golpe. En cambio, yo le doy un sorbo al mío y lo escupo.

—Lo siento, zorrita. Debería haberte advertido. —Grizz, con ojos alegres, me frota la espalda.

—Está bien —toso—. No bebo mucho. Tómalo.

Se bebe mi chupito casi ausente, ahora vagando con la mirada por el club.

—La pelea está a punto de comenzar. Te vas a sentar aquí —me lleva a la esquina—. Y quédate callada. Mantente alejada de los problemas.

—¿Qué hay de ti?

—Estaré en el ring. —Definitivamente se divierte.

Levanto el cuello para ver más allá de los grupos de metamorfos hasta la jaula iluminada en el centro del almacén.

—¿No puedo estar más cerca? —No puedo ocultar mi decepción por estar tan lejos.

—No —dice Grizz dulcemente, acariciándome la espalda—. Tengo que concentrarme. No puedo hacerlo si no estoy seguro de que estés a salvo.

—Te voy a alentar —le digo y él sumerge su cara cerca de la mía.

—¿Estás segura, zorrita? Serás la única.

—Sí —digo decidida, y lo acerco para darle un beso. Lo rompe primero para estudiar el almacén. Con tantas potenciales amenazas alrededor, no es capaz de relajarse. El club está repleto de depredadores. Debería estar nerviosa, pero no lo estoy. Disfruto de su protección hasta que tres caras familiares aparecen detrás de Grizz.

—Ey, zorrita. ¿Nos extrañabas?

—Un poco. —Me inclino y abrazo a Declan, luego a Laurie. Un gruñido retumbante nos hace sacudirnos. Grizz se cierne sobre nosotros, sus ojos brillan con su oso. Celoso oso pardo. Casi me río.

—Está bien —le digo—. Solo somos amigos. —Pero Parker y yo chocamos el puño en lugar de abrazarnos.

—¿Ya estás listo para esto? —Declan pregunta.

Grizz se encoge de hombros.

—Listo como siempre. ¿Tienes detalles de esta pelea?

—Parker los tiene. —Declan sacude la cabeza hacia el cambiante de pelo canoso, quien asiente y comienza a caminar en el almacén hacia la jaula de lucha.

—Tengo malas noticias —me dice Grizz, con humor que aligera el tono—. Tienes que quedarte cerca de estos tres toda la noche.

—Oso de malas noticias. —Me burlo de su ceño fruncido.

—Sí. —Comienza a inclinarse para otro beso cuando una sombra cae sobre nosotros. Grizz se endereza y su rostro se pone impávido.

Uno de los grandes lobos que nos siguió está cerca, con dos más de su manada detrás como respaldo.

—Grizz.

Grizz asiente con la cabeza, pero no los mira.

—Quince minutos.

—¿Estás aquí para acompañarme a la jaula? —Grizz sonríe con frialdad, duro, sin la calidez que me muestra a mí.

El lobo se encoge de hombros.

—No quiero que tropieces y caigas en tu camino hacia allí.

Se me erizan los vellos cuando entran los felinos para unirse a la ruidosa multitud. Tiene los ojos amarillos brillantes puestos sobre Grizz.

—Me conmueve tu preocupación. —Grizz se endereza —. Sé buena —me dice y me toca la barbilla.

Algunos de los lobos me miran con curiosidad.

—Nadie toca a mis asistentes —le dice Grizz al gran lobo, quien asiente. Dos de los lobos se quedan atrás, un poco separados de nosotros, como guardias. Estaría agradecida si no nos bloquearan nuestra vista.

Alrededor del gran espacio, resuenan gritos y más gritos. Más metamorfos entran por la puerta, abarrotan la barra, rodean la jaula.

—Solo unos minutos más —murmura Laurie.

Me limpio las palmas de las manos en los vaqueros.

—Estará bien —dice Declan—. Grizz es el mejor. De hecho... —Un rugido sube por la jaula y todos nos esforzamos por ver.

—¿Captaste eso? —Declan le pregunta a Laurie, pero el cambiante pájaro niega con la cabeza.

Declan se sube a su taburete y lanza palabrotas.

—Ay, joder.

—¿Qué es? —Me empujo hacia arriba lo más que puedo, pero la sala está repleta de enormes cambiantes. Sus cabezas me bloquean la visión de la jaula.

—Una pelea previa —murmura—. Quieren que pelee con otro primero.

—¿Quién? —Levanto el cuello, luego me rindo y me paro en mi taburete también. Los escalofríos me recorren el cuerpo cuando el nuevo luchador entra en la jaula. Es el gorila.

—Supongo que peleará con dos esta noche.

—¿Eso está permitido?

—Es la primera regla del Shifter Fight Club. —Declan hace una mueca y sacude la cabeza.

—¿Cuál es? —Me inclino y le susurro a Laurie—. ¿Cuál es la regla, Laurie?

—N-n-no hay reglas.

* * *

Grizz

Me enfrento a la espalda plateada que instigó la pelea que me llevó al desmayo.

—¿Vas a luchar por ti mismo esta noche? ¿No tienes un montón de maricas para hacer tu trabajo sucio?

Los labios del gorila se abren y muestran dientes planos y amarillentos.

—Vas a sangrar, oso.

—Vale. Nada de monerías.

El gorila me ruge, pero la multitud se ríe. No les agrado, pero les gusta mi actitud.

—¡Vamos, Grizz! —En medio de los abucheos, una sola voz me anima—. ¡Tú puedes!

Es Jordy. La distinguiría entre cualquier multitud. Para mí puede que no haya nadie más que nosotros aquí.

Me quito la chaqueta de cuero y la envuelvo para ocultar la petaca. Se la entrego con cuidado a Parker.

—Guarda esto.

Parker asiente. Sabe que llevo una petaca, pero no tiene idea del contenido. Nadie lo sabe.

Me enfrento al gorila sacudiendo mis hombros. No necesito una dosis para luchar contra este cerebro de plátano. Puedo con él.

—¿Listos? —Un lobo pregunta desde la barrera. Asiento con la cabeza y hace sonar un silbato.

Un patada sale de la nada. Apenas tengo tiempo para agacharme. El gorila aterriza y gira. Bloqueo otra patada con los antebrazos levantados, tambaleándome por debajo del peso pesado. La multitud grita, encantanda que me pillara desprevenido.

Bajo los brazos y miro a los ojos del gorila. El cabrón está descalzo, vestido con pantalones negros holgados. Debería haberme dado cuenta antes. Me encojo de hombros y hago rodar los hombros. ¿Con que MMA? ¿Por qué coño no? Estoy listo para un poco de karate.

Haciendo un puño, lo presiono en mi palma, inclinándome sin bajar la cabeza ni bajar la mirada. El gorila vuelve a girar hacia atrás con una sonrisa gruñida. Se lanza a otro salto, viniendo a mis pies primero. Le esquivo, agarro su tobillo y lo balanceo contra la pared de la jaula.

Los vítores de la multitud se cortan como si alguien cerrara un interruptor.

El gorila se levanta, sacude las extremidades y vuelve a cargar contra mí como un animal. Me golpea el centro de mi cuerpo y caemos juntos al suelo. Le golpeo la cabeza repetidamente hasta que se aparta. Me siento y me levanto. Cuando viene hacia mí de nuevo, me agacho y agarro su brazo al mismo tiempo, haciéndolo rodar por mi espalda contra la jaula. Rebota cuando le pateo. Mi pie encuentra su cara.

De pie, la multitud grita y aúlla. Suena más como

animales que humanos. Bien por mí; soy el mayor depredador aquí.

Mi oso avanza. Caigo a cuatro patas, luchando contra el instinto de cambio. Mi boca se abre y rujo. Algunos cambiantes se cubren los oídos. Otros bajan la mirada. *Así es, hijos de puta. Grizz está aquí.*

El gorila se sienta, aturdido. Más allá de él, fuera de la jaula, Parker me grita algo. ¿Qué?

—Detrás de ti...

El gorila sonríe. Me giro cuando un oso inmenso y malo entra en la jaula, encogiéndose de hombros en su chaqueta de cuero, sonriéndome con los caninos más grandes que he visto.

Alrededor de la jaula, los lobos comienzan a aullar.

Capítulo Trece

J*ordy*

—¿Qué es? ¿Qué pasa? —Tiro de la pierna de Declan. Cuando el combate comenzó, fue tan rítmico, tan glorioso y brutal, que no podía mirar sin que se me humedecieran los ojos. Me bajé de mi taburete para darle un turno a Laurie. Pero ahora, escuchando a la multitud gritar por sangre, y viendo las expresiones sombrías en los rostros de los dos chiflados, sé que algo va mal.

—Grizz. —Vuelvo la mirada a la jaula. Mi oso está allí merodeando por el perímetro, girando la cabeza de un oponente a otro.

¿Dos contra uno?

—Joder —murmura Declan.

—Grizz —suspiro horrorizada. Ya le he visto luchar contra más de un oponente antes, pero todo esto es peor. Hay más en juego. Los cambiantes que rodean la jaula ríen y gritan.

Tengo que acercarme.

Me tapo la boca con las manos y le grito a Declan al oído; sus ojos se abren.

—Zorrita, no...

Ya estoy corriendo hacia la jaula, abriéndome paso entre los grupos que esperan en el bar. Los cambiantes no hacen lugar para mí y por una vez me alegro de ser pequeña. Lucho entre la multitud, apretándome entre los cuerpos y escabulléndome antes de que alguien pueda agarrarme.

Termino cerca de una de las gradas. Si tengo suerte, nadie notará mi presencia.

Grizz saluda al segundo luchador y este ordena un tiempo muerto.

Con calma, mi gran oso camina hacia un lado de la jaula y engancha sus dedos en los eslabones.

—Parker —gruñe—. La petaca.

Parker busca a tientas la chaqueta de cuero, levanta la petaca a la jaula y la empuja a través de los eslabones metálicos. Grizz le da un trago, presionando su cara contra la jaula. Traga durante un largo segundo antes de retirarse y asentir con la cabeza a Parker para que guarde la petaca. Una gota roja se queda en los labios de Grizz antes de pasarse una mano sobre la boca, luego se vuelve para encontrarse con los dos oponentes.

—Terminemos con esto —les dice a todos y a nadie.

—¡Segunda ronda! —grita el gran lobo y sopla un silbato —. ¡Luchen!

* * *

Grizz

. . .

Paseo por el perímetro de la jaula de lucha, manteniendo a mis dos oponentes en mi visión periférica. Tengo que esforzarme para evitar darle la espalda a cualquiera de ellos.

¿Dos contra uno? No hay grandes probabilidades, pero las he tenido peores.

La sangre de vampiro chisporrotea en mis venas. Frangelico no escatimó en esta dosis. Esta es la sangre del corazón, la más potente. La resaca va a ser fatal, pero me dará suficiente energía para aguantar unas horas.

Es hora de comenzar el combate.

Me muevo primero abordando al gorila. Salta en la pared de la jaula, prácticamente levitando. Le derribo y le doy una muestra de mi puño.

Detrás de mí, el oso loco camina. Bueno, no es lo suficientemente salvaje como para sentirse cómodo luchando con estas probabilidades desiguales. Esperará su turno, lo que me da tiempo para darle una lección al mono.

El gorila lucha con patadas y puñetazos, que bloqueo fácilmente. Le pateo el muslo, cerca de la entrepierna. Sí, es un golpe bajo, pero no estoy peleando limpio.

—Veo que sigues escondiéndote detrás de mejores cambiantes —me burlo de él. Con un grito de rabia, el gorila se precipita por el aire hacia mí. Le esquivo, dejo que caiga al suelo, y le doy una patada en la cabeza.

—¡Nocaut! —grita Parker. La multitud olvida su animosidad hacia mí y corea mi nombre mientras me enderezo con satisfacción.

Uno menos. Falta uno.

—Siéntete libre para rendirte —le digo al oso.

—No me asustas, joder —gruñe Caleb. Se lame la sangre del gorila del brazo y se relame los labios como si le gustara el sabor. Joder, realmente huele mal.

Esperamos mientras los lobos entran en la jaula y sacan

al gorila por los pies. El primer luchador deja un réguero de sangre en el suelo.

* * *

Jordy

Los dos combatientes dan vueltas mirándose el uno al otro. Grizz se mantiene erguido mientras su oponente permanece encorvado, merodeando casi en cuatro patas. El corpulento luchador parece más animal que humano. Grizz trota en su sitio girando los hombros y estirando el cuello. Por fin deja de fingir precalentarse. Se golpea el pecho y extiende las manos.

—¿Vamos a hacer esto? ¿O solo bailar toda la noche?

El otro luchador retrocede hacia la jaula y se apoya contra los eslabones metálicos, hasta que se tensan. El metal cruje cuando los postes comienzan a doblarse. La multitud se calla.

—Si rompes la jaula, la pagas —advierte Grizz. Algunos comienzan a gritar.

El luchador levanta la cabeza y ruge. Los escalofríos suben y bajan por mi columna vertebral cuando cada metamorfo se queda quieto en su sitio.

Una risa resuena. Grizz abre los brazos y muestra los dientes con una sonrisa salvaje.

—Vamos.

El oso avanza y se dirige hacia Grizz, prácticamente en cuatro patas. En el último segundo, Grizz se aparta del camino, gira y salta sobre la espalda de la criatura. Sus brazos tatuados se aprietan alrededor del cuello del oso.

—¡Sí, sí, sí! —grita Declan. Está más cerca de mí, probablemente buscándome. En este momento está hipnotizado por la pelea.

El luchador se tambalea bajo el peso de Grizz. Su cabeza retrocede y por un momento parece que la pelea ha terminado.

Entonces la piel del luchador se ondula.

—Así es —se ríe uno de la manada de lobos, mirando con malicia—. Lucha contra eso, traidor.

—¿Qué está pasando? —susurro.

—¡No! —grita Declan con horror.

—¡Sí! —corrigen los lobos—. ¡Se está transformando!

—¡Eso va en contra de las reglas! —Parker golpea la jaula.

—Esto no es San Diego. ¡No hay reglas aquí!

Recuerdo que Grizz me dijo que tienen que mantener la forma humana para no ser descalificados. Parece que ese no es el caso.

—¿Regla uno del Shifter Fight Club? —grita un lobo y la manada ruge— ¡No hay reglas!

—¡Oh, no! —suspiro. En la jaula, Grizz lucha por aferrarse al cuello del oso.

—Puedes hacerlo —grita mi voz aguda en el pesado silencio. Me pongo las manos alrededor de la boca—. ¡Grizz, lo tienes!

Un segundo, me estoy acercando poco a poco a la jaula y al siguiente, casi me arrancan el brazo. Me doy vuelta y miro fijamente los ojos de un vampiro.

—¡Te tengo! —silba entre los colmillos. *Benedicto.*

—¡No! —jadeo, el ruido de la multitud sofoca mi voz.

—Agustino no puede esperar para ponerte las manos encima —se ríe Benedicto.

Demasiado tarde recuerdo que no debí mirarle a los ojos. Todo se vuelve negro.

* * *

Grizz

Maldito oso negro. Aflojo el agarre mientras el pelaje le brota debajo de mis brazos. El oso ya está en las patas traseras, balanceándose cuando sus huesos se redimensionan. Hundiendo mis dientes en el pelaje enmarañado, aprieto el agarre. Puede que haya tripiclado su tamaño, pero no voy a ponérselo fácil. Al cabo de un segundo, dejo de morderle y escupo pelaje negro. Joder, ¿cuándo fue la última vez que este idiota se bañó?

Completado el cambio, el oso negro gigante aterriza a cuatro patas, sacudiendo el suelo. Debo parecer una hormiga aferrada a su espalda. Espero mi oportunidad y me alejo de él, saltando hacia atrás a una esquina lejana. Tengo que salir de aquí. Llegar a Jordy. Es entonces cuando la dosis entra en acción y me difumino. Sé, cuando la multitud jadea, que me he movido más rápido de lo que nadie cree posible. Los lobos aúlllan y el sonido se interrumpe doy vueltas alrededor de la jaula.

—¡Traidor! ¡Mascota de vampiros! —Los lobos comienzan a abuchearme, y el resto de la multitud hace suyo el canto.

Me abalanzo sobre mi oponente, bailo para esquivar los colmillos gigantes y le propino dos golpes que derriban al oso. Tan pronto acabe este combate, desafiaré a algunos lobos. Les enseñaré a llamarme mascota de vampiros.

Algo me ronda la cabeza. Me tomo un momento para escudriñar la multitud. ¿Dónde coño está Jordy? ¿Allí, junto a las gradas? O al menos, estaba allí.

Ante un destello de la cabellera rojiza, se me hiela la

sangre. Jordy está desplomada sobre el hombro de alguien y noto la cara pálida del vampiro antes de que salga por la puerta.

¡Joder, Jordy, no!

Mi oso está justo ahí, listo para liberarse. Me resisto a él. Si cambio ahora, no tendré el ingenio para cazar.

Corro hacia la puerta cerrada de la jaula. Agarro los postes y tiro. Unos dientes se hunden en la parte posterior de mi cuello y gruño, pero no me vuelvo. Me desgarra y la sangre brota, pero vuelo hacia el otro lado de la jaula, donde trepo los eslabones metálicos y caigo al otro lado.

Tengo que recuperar a Jordy. ¡Tengo que irme!

Los metamorfos se apartan de mi camino, aquellos que no tiro a un lado.

—¡Grizz! —alguien me llama desesperadamente. Es Declan.

—¡Sígueme! —le ordeno y él, Laurie y Parker corren conmigo. Ya casi afuera. Casi libre.

Pero un lobo se pone delante de mí antes de que pueda llegar a la puerta.

—¡Si te vas, pierdes! —grita Trey. Cuando sigo avanzando, se aparta del camino. Con un rugido que hace temblar el almacén, golpeo la puerta y sale volando. El marco cruje cuando lo atravieso, dejando a la multitud mirando un agujero con forma de Grizz.

A la mierda todo. Tengo que rescatar a Jordy.

La grava sale volando bajo de mis pies mientras corro en la dirección en que el vampiro se la llevó.

El cabrón no ha llegado muy lejos, ni siquiera con sus poderes. Puedo rastrearle. Tomo velocidad y le alcanzo justo cuando llega al arroyo. El delgado vampiro se gira con los ojos muy abiertos y tropieza al ver que me acerco a él.

Veo todo en cámara lenta: la cara pálida de Jordy, la figura inerte, los labios de Benny moviéndose.

—Imposible —dice, cuando casi estoy sobre él y suelta a Jordy.

Rujo y se apresura a toda velocidad. Joder, tengo que atraparle.

Unos pasos frenéticos me hacen girar. Parker y Declan corren hacia mí. Disminuyen la velocidad jadeando por aire, agarrándose el pecho.

—¡La petaca! —ordeno antes de que puedan hablar.

Parker la saca de su chaqueta y me la ofrece. Me la bebo completa. Lo lamentaré más tarde, pero ahora necesito todo para acabar con Benny. Se llevó a mi chica. Trabaja para Agustino. No me importa quién esté detrás de los esclavistas de cambiantes cuando intentaron secuestrar a Jordy, así que todos caerán. Esto se termina ahora.

Jordy yace acurrucada a mis pies. La doy vuelta y le tomo el pulso, que encuentro fuerte y estable, pero sus ojos parpadean y no se despierta. Totalmente inconsciente. Malditos vampiros. La alzo y se la entrego a Declan y Parker.

—Sacadla de aquí.

—¿Adónde? —Declan pregunta, cuando Parker y Laurie comienzan a llevarla de regreso al club.

—A algún lugar seguro. —Les doy mi dirección.

—¡Espera! —grita Parker mientras me enderezo—. ¿A dónde vas?

Gruño mi respuesta a la luna antes de salir corriendo después de Benny.

—A cazar vampiros.

* * *

Alcanzo a Benny en Marana, una zona muerta cerca de la tienda de tatuajes donde llevé a Jordy. El cabrón debe de haber vuelto al teatro. Me detengo para arrancar una estaca de un árbol de palo verde, rompo y pelo una sección del tronco con la bonita forma de un puñal.

Tengo suficiente energía para arremeter contra una bandada de vampiros, pero no para luchar contra todos. La oscuridad acecha en los bordes de mi vista, como si el desmayo me amenazara. No puedo sucumbir todavía. Tengo que atrapar a Benny y asegurarme de que Jordy esté a salvo. Entonces podré volver con ella.

Benny se detiene en un callejón, en algún lugar cercano al teatro, no estoy seguro de qué tan cerca, y se apoya contra una pared. A sus pies hay escalones que conducen a algún sitio, probablemente a la puerta de un sótano. Tiene sentido, ahí es donde se congregan los vampiros. Benny me ha traído directamente a la guarida secreta.

Detenido allí, espera. Merodeo en las sombras mientras enciende un cigarrillo que no se fuma y solo sostiene entre dedos temblorosos. Los vampiros aman el fuego. Un morbo con jugar con lo que podría conducir a su destino final.

Benny no tendrá una muerte súbita. No cuando le apuñale a medias, le ate y le arrastre hasta Frangelico. Le interrogaremos y el rey le arrancará las respuestas. Podemos llegar al fondo de todo. Jordy estará a salvo y podré retomar mi misión final.

Sin embargo, la idea de retomar mi búsqueda de venganza no se siente tan bien como debería. Desearía que hubiera una manera de quedarme con Jordy mientras continúo la cacería. Al principio ella era solo una distracción, pero tenerla a mi lado supera cualquier otra cosa. La necesito en mi vida. Una persona tan pequeña para equilibrar la balanza como lo hace ella.

Las sombras parpadean alrededor de las manos de Benny. Sostiene el cigarrillo con firmeza. En cualquier momento decidirá que está lo suficientemente tranquilo como para continuar. Es hora de hacer mi movimiento.

Una vez más, me muevo tan deprisa que Benny no tiene tiempo de reaccionar. Le golpeo contra el edificio, y es tan satisfactorio que lo vuelvo a hacer.

—Te pillé —le digo.

El cigarrillo cae al suelo.

—Eso es...

—¿Imposible? No. —Pongo el extremo más afilado de la improvisada estaca en su corazón—. Di buenas noches, Benny.

Sin saberlo, los vampiros pesan más de lo que se piensa. Incluso los flacuchos como Benny son como bloques de hormigón. Cuando vuelvo al club de lucha, el amanecer está a punto de romper. Si Agustino pensó que pondría sus colmillos en Jordy esta noche, no lo va a hacer. Solo tengo que guardar este cuerpo antes de que la claridad alumbre las montañas.

Un grupo de lobos merodea alrededor del contenedor de la parte de atrás. Algunos gruñen cuando me ven, pero retroceden cuando arrastro a Benny hasta un lado del edificio.

Trey sale por la puerta con los ojos brillantes.

—Pero qué...

—Necesito un favor —le digo—. Tengo que guardar a este en algún lugar para interrogarle. —Le doy una patada a Benny. Bien puede ser una bolsa de sangre por toda la pelea que me dio.

Los lobos retroceden y me miran nerviosos. Les sonrío.

¿Nunca han visto a un cambiante vencer a un vampiro antes?

Trey ni siquiera parpadea. Podemos tener nuestras diferencias, pero es un buen tipo.

—Aquí —dice Trey y abre la tapa del contenedor de basura. Si se cierra correctamente, no entrará luz, y este cabrón no colapsará antes de interrogarle.

—Perfecto.

Después de ordenarle a su manada que despeje el club, Trey me ayuda a cargar al vampiro a su maloliente morada.

—Gracias. —Me quito el polvo de las manos—. Te debo una —le digo.

Se encoge de hombros.

—Ganamos un montón de dinero apostando contra ti en la pelea. ¿Le llevas ese vampiro a Frangelico?

—Sí. Lo atrapé husmeando en un sitio de esclavistas de cambiantes. Voy a reventar ese negocio.

—Bueno. —Los ojos de Trey se encienden—. Entonces estamos en paz.

Me giro, doy dos pasos y tropiezo. Mis manos golpean la grava.

—¡Ey, despacio! —Trey, a mi lado, me ayuda a levantarme—. ¿Qué coño te pasa, hombre? ¿Estás borracho?

—No —espeto.

Los ojos de Trey se entrecierran.

—Andas metido en algo.

Tengo la lengua tan hinchada que me llena la boca.

—Tengo que irme —murmuro.

—Lo siento, amigo. No vas a ir a ninguna parte en estas condiciones. —Me pone un brazo al hombro y abre la puerta del club de lucha de una patada. La parte trasera está vacía y nadie me ve pasar vergüenza; mi oso se encoge al mostrar tal debilidad. Lo siguiente que recuerdo es que estoy en un despacho fresco y oscuro, la oficina trasera, y Trey se inclina sobre mí.

—Bebe —me ofrece un trago de agua—. Solo tómala con calma.

—Tengo que irme. Tengo que ver a Jordy... —Al menos es lo que intento decir. Mi voz es demasiado confusa para salir con palabras reales. Agarro su hombro y me pone su mano tatuada sobre la mía llena de cicatrices.

—Aquí no va a entrar nadie —me asegura, malinterpretando—. Nadie tiene que saberlo. No pateo a un oso cuando está en el suelo.

—Jordy... —Lo intento de nuevo, pero Trey todavía no entiende. Mi agarre en su hombro se afloja cuando caigo hacia atrás, hundiéndome en la oscuridad.

* * *

Grizz

¡Jordy! Tengo que ver a Jordy. Mi hembra debe de estar aterrorizada. Respiro e intento orientarme. El recuerdo de Trey trayéndome al club de lucha surge cuando me levanto.

Fiel a su palabra, Trey cerró el lugar con llave. Igualmente, salgo a hurtadillas y solo me detengo en el umbral cuando la luz me da en la cara.

¿Pero qué...?

Es de día. A juzgar por el sol, ya ha pasado el mediodía. *Joder.* Eso significa que estuve inconsciente durante más de doce horas, y todavía me siento como si me hubiera atropellado un camión Mack.

Tengo que llegar a Jordy, asegurarme de que esté bien. Rezo para que los tres chiflados la hayan llevado a salvo a mi casa. Joder, rezo para que haya podido salir de ese sueño vampírico en el que Benny la metió.

Me reincorporo en mis torpes extremidades y camino hacia mi moto. Me cuesta algunos intentos, pero una vez que me equilibro, mi cuerpo se acuerda de cómo conducir y rompo todos los límites de velocidad para llegar a casa.

Capítulo Catorce

Grizz

En cuanto entro en casa, mi oso se calma. Jordy me espera sentada a la mesa vestida para el día con una falda y una camisa abotonada que se ciñe a la curvatura de sus pechos. Se levanta con el rostro sereno.

—Zorrita.

—Grizz. —Permanece de pie junto a la silla, mirándome—. ¿Estás bien?

—Ahora sí. —Abro los brazos. Su rostro se llena de emociones —preocupación, alivio, deleite— y luego deja de pensar y se abalanza sobre mí. Tan pronto como su peso se estampa en mi cuerpo, su olor se precipita en mí y me siento en casa.

La levanto en mis brazos apretándola fuerte.

No corrí a casa porque Jordy pudiera estar enfadada, sino porque necesitaba verla. Saber que estaba bien.

La necesito.

Darme cuenta de ello no conmociona mi mundo. Lo hace girar y lo asienta firmemente en su eje.

—Estaba tan preocupada —susurra.

—Está bien, nena. Estoy aquí. Estoy aquí ahora.

Nos abrazamos largo rato, y aunque estoy duro como una roca y dolorido contra ella, no puedo soltarla para besarla. Quiero que sepa cuánto la necesito, y hasta que lo haga, no puedo dejarla ir.

Finalmente, levanta la cabeza. Su dulce sonrisa es más potente que un puñetazo.

—He cocinado para ti.

La dejo escabullirse de mis brazos, apretando los dientes contra la nueva oleada de excitación. Me coge la mano y me acerca a la silla. La cocina huele a limón y las encimeras casi brillan. Ella me esperó. Cocinó. Limpió.

—Jordy. —Tiro de ella hacia atrás y reclamo su boca. Me deleito con toda esa dulzura que se disuelve en mi lengua como azúcar, pero cuando agarro sus caderas y la pongo contra mi erección, se ríe:

—Ahora no.

—Sí, ahora —gruño.

—No. —Se me escapa. Zorra escurridiza. Voy tras ella y corre alrededor de la mesa. Si no estuviera llena con la comida que ha preparado, tumbaría los muebles, la arrastraría al suelo y la reclamaría. Es mía. No hay necesidad de esperar más.

—Tienes que comer.

—Te comeré a ti.

Sonriendo ruborizada, sacude el dedo.

—No. Tienes comida de verdad. Has estado inconsciente mucho tiempo. Sé cuánto te costó.

Empiezo a gruñir y se pone las manos en las caderas.

—Un plato. Al menos.

—Te quiero ahora.

—Me tendrás —me tranquiliza—. Pero primero, necesito saber que estás bien. —Me acerca la silla—. Siéntate.

Esbozo una sonrisa.

—¿Das órdenes ahora?

—Sí. —Se sonroja al decirlo y agacha la cabeza. Bueno, demonios, ahora no puedo rechazarla.

—Está bien, zorrita. Un plato.

—Y luego hablaremos —anuncia y comienza a servir los platos.

—Eso suena siniestro —murmuro, pero no insisto. Ahora que ha sacado la tapa de la olla de barro, quiero comida.

—Se ve bien, zorrita.

—Es *cochinita pibil* —dice—. Cerdo cocido a fuego lento. Mi receta.

Le agarro el culo mientras sirve. Jordy se ríe y se aparta cuando mi mano se desvía entre sus piernas. No ha dicho nada acerca de que no la manosee. Espero hasta que esté fuera de mi alcance, sentada frente a mí, para recoger mi tenedor. Con un bocado, no paro de engullir comida.

—Maldita sea, zorrita, esto es bueno.

Ella no dice nada.

—¿Tú no vas a comer?

—Ya comí. —Pone los codos en la mesa y apoya la cara entre sus manos. Casi como si rezara, pero sus ojos están puestos en mí. No habla y sus manos ocultan su expresión.

Tan pronto como mi plato está limpio, me acerco. Podría comer más, pero primero necesito un bocado de ella.

—Ven aquí.

Jordy obedece sin protestar cuando la guío para que se siente en mi regazo.

—Grizz... —comienza a hablar y la beso, bebiendo más de su dulzura. Le recojo la cabellera e inclino su cara de la manera que quiero. Durante largo rato me lo permite, pero luego se aparta.

—Grizz, tenemos que hablar.

Mordisqueo un poco más sus labios.

—Más tarde —murmuro.

Unos besos más y niega con la cabeza, frotando su cara contra mi barba.

—Ahora.

Me enderezo con un suspiro. Tiene la cara tan seria que la comida en mi estómago parece cemento. Me acaricia el cabello como si me calmara. Linda zorra.

—Estuviste inconsciente mucho tiempo.

Casi cierro los ojos ante la preocupación de su voz.

—¿Por eso cocinaste para mí, zorrita? ¿Para ablandarme y después regañarme?

Jordy solo me mira. Suspiro.

—Mira, yo...

—No regresaste antes porque no pudiste hacerlo. Te desmayaste otra vez, como después de la última pelea. ¿Verdad?

Joder. No quiero mentirle. Asiento. Entonces parpadea y habla como para sí misma:

—Tiene algo que ver con cómo te mueves.

Las alarmas se disparan en mi cabeza.

—Zorrita, no puedo decírtelo. No es seguro.

—Es la petaca, ¿no? Contiene algo que te permite luchar y ser más veloz.

Sopeso la verdad contra el coste.

—Sí.

—¿Qué es?

—No puedo decírtelo. —Frangelico no quiere que se sepa ni una palabra. Si le cuento el secreto final, la vida de Jordy estará en peligro.

El silencio se prolonga como un abismo entre nosotros. Su cabeza se inclina y murmura algo.

—¿Qué? —Le levanto la barbilla.

Ella se encuentra con mis ojos sin inmutarse.

—Dije que te está matando.

Abro la boca pero mi protesta muere bajo su mirada directa. No puedo mirar a la mujer que amo y mentirle.

Me encanta Jordy. No sé cuándo empezó, pero sé que nunca terminará la sensación. Así que cuando me toma de la mano y me lleva al baño, la sigo. El gran oso malo es manso y apacible con ella alrededor. Me quita la camisa y sofoco un gruñido. Joder, me duele.

—No te estás curando —dice, agarrando el espejo e inclinándolo para mostrarme la desagradable mordida en mi hombro, donde el luchador oso me mordió—. Tu curación se está ralentizando. ¿Y esos desmayos? Están empeorando. Los cronometré. El anterior fue de doce horas; el último fue de casi quince.

—Mira, lamento haberte dejado...

Jordy golpea la encimera.

—No quiero tus disculpas. No me las debes. Pero hagas lo que hagas, te estás haciendo daño a ti mismo. Tienes que parar.

—No puedo.

—¿Por qué no? —susurra.

Meto los dedos en su pelo. ¿Cómo he llegado a este momento en que una joven encantadora me mira a los ojos como si le bajara la luna?

—No puedo, Jordy. No lo hago porque quiero. Lo hago por venganza.

—¿Venganza por tu madre?

Asiento, incapaz de hablar.

—La venganza es una trampa mortal. Te está haciendo daño. Podría matarte.

Me lamo los labios y le digo la verdad.

—Mientras acabe con el asesino de mi madre, no me importa.

—Grizz. —Se ve tan triste—. Me importa a mí.

Me sacudo como si estuviera electrizado. Pero ella no ha terminado.

—No quiero que mueras —susurra, y me sacudo de nuevo como si lo gritara. ¿Cuánto tiempo ha pasado desde que a alguien le importó si estaba vivo?

—Zorrita —es lo único que puedo decirle. Froto los mechones rojizos de su cabello entre mi dedo y mi pulgar. Las finas hebras se enganchan en mis callosidades.

Ella me acerca y pone su frente sobre la mía.

—Ojalá pudiera darte lo que quieres. Desearía darte tu venganza. —Desliza su cara contra la mía hasta que estamos mejilla con mejilla—. ¿Cuánto tiempo falta hasta que la consigas?

—No lo sé.

—¿Pronto?

—No lo sé —repito—. Nunca importó antes. Voy a conseguirla aunque me tome el resto de mi vida.

—¿Qué pasará después? —pregunta dulcemente—. ¿Después de que obtengas tu venganza?

Intento responder, trato de pensar, y nada.

—Supongo que nunca pensé más allá de eso. Supongo que asumí que iba a... —Me detengo antes de decir "morir", sabiendo que la palabra la lastimará.

Levanta la cabeza y me estudia.

—¿No hay nada más que quieras? ¿Algo que te dé una razón para vivir?

—No la hubo antes. —Se me oprime el pecho, apenas me salen las palabras—. Hasta hace unos días, no la había. —Le acaricio la mejilla con el pulgar, jugando sobre su piel pecosa—. Y luego te conocí.

Jordy me busca la cara, asintiendo para sí misma. Luego se aparta, tomándome de la mano y sacándome del baño.

—Tengo algo que mostrarte.

* * *

Jordy

Las frías profundidades del dormitorio nos engulle y fuerzo mi respiración para calmarse. Toda la noche y la mañana esperé a Grizz pretendiendo que pertenecía a su casa.

Comprendí que ya no pertenezco a Agustino. Pertenezco a Grizz. Solo puedo esperar que me quiera. Es hora de mostrarle mis verdaderos sentimientos. Ahora o nunca.

Le llevo a la cama. En otra ocasión sería divertido cómo se invierten nuestros roles, ahora que voy delante y él detrás. Después de hoy, es posible que nunca vuelva a ser tan audaz. Tiemblo de cara a Grizz, alisando la camisa abotonada que llevo puesta. Luego de esto, podría decidir que no me quiere. Podría besarme la frente, llamar a Declan y Parker y enviarme lejos para siempre. No sé lo que quiere, pero de cualquier manera, sabrá mi elección.

—Quiero mostrarte algo —repito.

Me alcanza y yo doy un paso atrás.

—Zorrita, me estás asustando.

—No temas —me digo a mí misma tanto como a él. Mis dedos se mueven a tientas con los botones de mi camisa—. No sé si es demasiado pronto, pero quiero que lo veas.

—Jordy, qué... —Abro la camisa y sus ojos se posan en mi carne. Con una mueca cuando me arranco la cinta adhesiva, quito el vendaje de mi tatuaje.

Los ojos de Grizz se abren de par en par y suelto mis

manos. Me enderezo dejándole ver el dibujo que hice para el artista y que elegí llevar en mi cuerpo, sobre mi corazón, cubriendo la horrenda cicatriz.

—Zorrita —traga Grizz, sin quitar los ojos de mi tatuaje. La carne alrededor de la tinta está enrojecida. Todavía se está curando, pero el diseño es inconfundible. Una huella de oso.

—¿Es eso...?

Asiento lentamente.

—Zorrita. —Con tan cálida profundidad en su voz, puedo sentirme feliz. Regodearme. Toca la mancha de tinta suavemente. Me sobresalto como si me electrizara—. ¿Te tatuaste esto para mí?

—Sí. Quiero tu marca.

Deja escapar un suspiro tembloroso.

—Quiero pertenecerte. Es decir, si me aceptas. —Inclino la cabeza, en parte en sumisión, en parte porque no puedo soportar mirarle a los ojos.

Lentamente, como si un movimiento repentino me asustara, extiende la mano. Contengo la respiración mientras la acerca a la marca. Su tacto es ligero pero arde, es un calor que se extiende por mi cuerpo.

—Mírame —ordena. Fijo los ojos en los suyos. Me obligo a seguir respirando mientras su mirada encendida me engulle—. Llevas mi marca.

—Sí.

—Me perteneces.

Asiento. Todo lo que quiero decir me obstruye la garganta, me ahoga.

—Sí. —Me agarra. Apretando mi cabello, me echa la cabeza atrás y sus labios me besan hasta que me sueltan de golpe—. Sí.

Mi cuerpo se ablanda instantáneamente, mi instinto

natural de sumisión se aviva con su toque dominante. Siento el pulso latiendo por todas partes: en la garganta, detrás de las rodillas. Entre las piernas.

—Grizz.

Me da una palmada en el trasero y lo aprieta bruscamente. En un instante, me alza en el aire, con las piernas a horcajadas sobre su cintura, mientras me mordisquea el otro pecho por encima de la camisa. Me arqueo en él, ofreciéndome como su botín.

—Zorrita —murmura, bajando el sujetador para llegar al pezón—. Mi zorrita. —Usa los dientes en el pezón mientras me acomoda boca arriba en la cama. Me acerco para enredar mis manos en su cabello, pero él las agarra, apiñándolas sobre mi cabeza con una mano. Sonrío y me retuerzo, amando su dominación.

Su sonrisa es salvaje.

—¿Te gusta eso, zorrita? ¿Quieres que te sostenga las manos mientras te hago gritar? —Ha vuelto a ocuparse del pezón con los dientes, moviéndolo con la lengua, chupando tan fuerte que siento el tirón de respuesta justo entre las piernas.

Me desengancha el sujetador y me quita la camisa abierta. Luego vuelve a los pechos. Besa alrededor del tatuaje, en círculo, y su barba rala me roza la piel tierna haciéndome temblar.

—¿Eso duele, zorrita?

—Me gusta el dolor —le digo, con la voz espesa de lujuria. Mi piel hormiguea por todas partes con la deliciosa sensación. Tengo los sentidos sobrecargados: el peso de Grizz, su olor embriagador en mis fosas nasales, sus lentos embates en la muesca entre mis piernas. Todo el tiempo, su lengua rodea mi pezón, moviéndose, provocándome. Luego se ocupa de atender el otro también, y me ahogo con un grito, arqueándome en su boca. Grizz succiona con fuerza, casi como si no pudiera evitarlo.

—Joder, zorrita. No sabes lo que me haces —gruñe, moviéndose y palmeando el monte de Venus. Gimo meneando la pelvis en su mano para presionar el clítoris, entonces él desliza su mano dentro de mis bragas hacia mis pliegues húmedos.

—¿Es toda esta humedad para mí?

—Sí —respiro, envolviendo las piernas alrededor de su espalda para animarle a la posición que anhelo.

Introduce hondo un dedo, luego otro, mientras me retuerzo, jadeante. La sumisión desaparece a medida que me desespero más. Giro la cabeza, le mordisqueo el brazo, intentando llevarle a darme lo que necesito.

Él se ríe.

—¿Te estás poniendo insolente, zorrita? Me lo habría esperado más de una cambiante felina. ¿O estabas rogando por una nalgada?

Le sonrío. Es una sonrisa traviesa, una que ni siquiera sabía que era capaz de hacer. Me devuelve la sonrisa, haciéndome rodar hacia mi vientre y dándome una palmada en el trasero. Me quita la falda y las bragas y me da cinco bofetadas más antes de acariciar mi hendidura mojada de nuevo.

Me estremezco de placer y muevo las caderas.

—¿Te gusta por detrás, zorrita?

Nunca antes había considerado mis propios gustos. Como me gustaba someterme, todo lo que complaciera a mi amo me parecía bien, lo cual sigue siendo cierto. Cualquier cosa que Grizz quiera de mí, se la ofrecería en un abrir y cerrar de ojos. Me daría verdadera alegría complacerle. Pero ¿qué me gusta? ¿Lo quiero por detrás?

—Sí —respondo honestamente. Suena delicioso—. Me

gusta de cualquier manera contigo, Grizz. Lo quiero de todas las formas posibles. —Esa soy yo, exigiendo. Y, sin embargo, no sueno como yo, aunque Grizz quiere escucharme.

Se quita la ropa de prisa, se monta sobre mí, palmeando mi culo con ambas manos y apretándome. No hay necesidad de un condón. Los cambiantes no tenemos enfermedades sexuales y mi oso me está reclamando, no tendría miedo de quedar preñada con un osito. O un zorrito.

—Abre las piernas, Jordy. —La voz de Grizz, cargada de deseo, es un estruendo profundo que provoca que mi coño se apriete.

Separo los muslos para darle espacio a su enorme erección y él se alinea con mi entrada.

—¿A quién perteneces? —me pregunta, justo antes de lanzarse a mí.

Mis músculos se aprietan alrededor de su miembro grueso, pierdo el aliento, no porque duela. Es más la sensación de estar completamente atiborrada que me sobresalta. Pero se siente tan bien.

—A ti, Grizz. Te pertenezco. —Las lágrimas se me saltan de los ojos ante el honor de que este macho me reclame. Un macho valiente, fuerte, leal.

Entra y sale de mí, llenándome y retirándose, y cada embestida trae una nueva dicha. Giro la cara hacia las almohadas, gimiendo suavemente. Grizz envuelve su mano en mi cabello, me levanta la cabeza para aparear nuestras bocas. Su lengua se entrelaza con la mía en un agitado beso lateral y luego me embiste, golpeándome el culo con su bajo vientre, a medida que profundiza los embates.

Mis gemidos adquieren un tono más agudo, el deseo comienza a espiralizar en una necesidad desesperante.

—Por favor, Grizz. Reclámame. Oh, por favor.

—Cielos, sí, te reclamaré —gruñe, embistiendo aún más fuerte, más deprisa de lo que hubiera creído posible.

Suelto un sollozo de éxtasis cuando parece que me parte en dos. Me suelta el pelo, me envuelve la nuca con una mano grande para mantenerme en mi sitio para recibir sus brutales asaltos, hasta que sus movimientos se vuelven espasmódicos, con la respiración entrecortada.

—Joder, zorrita. ¡Joder! Será mejor que te corras ahora, zorrita. —Arremete doblemente fuerte con cuatro estocadas más y luego se mantiene quieto en el fondo de mí. Juro que siento el réguero caliente de su simiente cuando me baña, mientras me sacudo, me aprieto gritando mi propia liberación.

Las estrellas estallan detrás de mis ojos. El placer me envuelve. Me hundo en el éxtasis total de la liberación.

Apenas registro cuando Grizz me lleva a la ducha.

Grizz

Cuidar de Jordy me satisface tanto como reclamarla. Me encanta la forma en que confía en mí plenamente. No hay resistencia, no levanta muros. Se pone bajo el chorro de agua, me deja que la enjabone de pies a cabeza. Aún está embriagada por el orgasmo. Casi tanto como los sumisos cuando se marchan de Toxic, lo cual es un alivio, porque no me convence darle más dolor que el de unas cuantas nalgadas que le coloreen el trasero.

Cierro el grifo y salgo.

—Espera aquí, zorrita. Te traeré una toalla.

Asiente con los ojos aún vidriosos, las mejillas sonrosadas por el vapor y el calor. Agarro una toalla, maldiciendo para mis adentros no tener toallas más nuevas y suaves. Mi zorrita se merece algo más lujoso en su delicada piel. La seco y luego la llevo de vuelta al dormitorio para meterme debajo de las sábanas.

Sí, quiero acurrucarme con ella. Es jodidamente extraño, pero maravillosamente cierto.

—Quiero que me dibujes algo —le digo—. Cualquier cosa. Quiero tu marca en mi cuerpo.

—Pensé que dijiste que los osos no marcan a sus compañeras.

Sonrío bajo sus dedos.

—Este sí.

Me devuelve la sonrisa con un leve gesto de su boca.

—Te dibujaré algo.

—O muchas cosas. Podría cubrir todas mis cicatrices.

—Pero me encantan tus cicatrices. —Con una arruga pícara de su nariz, me besa el pecho, acomodándose entre mis piernas, navegando con su boca en el corte de mis abdominales hasta que mi cuerpo se tensa, atraído para encontrarse con el punto de su boca. Entonces y sólo entonces sus labios rozan mi polla. Balancea el culo mientras se pone manos a la obra.

—Zorrita —le digo. No, ella no es una zorrita. Es una hermosa zorra adulta.

Una zorra.

Capítulo Quince

Grizz

Un grito me despierta. Jordy se agita en mis brazos, luchando contra sus demonios mientras duerme. La sacudo suavemente.

—Shh, nena, despierta.

Jadea y sus ojos se abren de golpe, redondos y amplios.

—¿Grizz?

—Tranquila, shh. —La acuno en mis brazos, impotente. Ojalá pudiera luchar contra las amenazas que se aprovechan de ella en sus pesadillas. *Nunca más,* prometo. *Ningún vampiro te tocará de nuevo.*

Cuando solloza en mis brazos, busco a tientas la lámpara de noche, desesperado, pero mi mano cae sobre el cuaderno de bocetos.

—Toma. —Me doy vuelta para que ponerla en mi regazo y le coloco el libro en el suyo, junto con los lápices—. Dibújala.

—¿Qué? —resopla.

—Sigues teniendo pesadillas —le explico—. No tienes que decirme cuáles son.

—No puedo. —Se limpia la cara—. Lo haría si pudiera, pero no recuerdo completamente. Solo fragmentos.

—Está bien. Dibújalos. Sácalos de ti.

Una pausa, luego un suspiro estremecedor sale de ella. El lápiz raya el papel. Desvío la mirada para darle privacidad. No hay necesidad de espiar el boceto hasta que esté dispuesta a mostrármelo.

La sostengo hasta que murmura que ha terminado y deja el cuaderno a un lado. Luego me acurruco alrededor de ella, la abrazo hasta que la respiración se regulariza y noto que se ha quedado dormida.

* * *

Mi oso me despierta cerca del anochecer. Conozco la hora aunque no haya luz en el dormitorio. Toda una vida de cazar vampiros me ha entrenado para estar alerta antes del anochecer. Es hora de levantarse y cazar.

Por primera vez, no quiero moverme si tengo una hermosa zorra en mis brazos. Jordy se inquieta cuando duerme, se sobresalta y frunce el ceño, unas arrugas de preocupación le surcan rostro. Sin embargo, ha dormido bastante después de que la follé.

Espero hasta que gime para despertarla.

—¿Jordy? Despierta, cariño. Tienes un mal sueño.

Se despierta con un jadeo estrangulado.

—¿Grizz?

—Estoy aquí. —La acurruco más cerca—. Estás a salvo conmigo.

Todo su cuerpo se relaja instantáneamente. La inclino y le acomodo el pelo de la frente.

—¿Otra pesadilla, zorrita?

Con un suspiro, asiente.

—¿Quieres dibujarla?

—Estoy bien. —Se hunde más profundamente en mí—. Me siento segura contigo.

—Me alegro.

—Nunca pensé que me sentiría así. Ni en cien millones de años —continúa en voz baja.

Mi frente se arruga. ¿Qué coño le hizo Agustino para estar tan atormentada cada vez que duerme?

—¿Qué hora es? —Se estira y bosteza.

—Cerca del anochecer. Tal vez un poco más tarde. Tengo que irme.

—¿Tienes que hacerlo? —Se retuerce contra mí, despertando deliciosos recuerdos. Y a un monstruo, el de mis pantalones.

—Cuidado, zorrita —gruño. Jordy se ríe y la beso, tragándome su risa.

—Vale, suficiente. —Me levanto de la cama—. Vamos. Le doy una nalgada cuando sale de la cama en dirección al baño. Quisiera traerla a la cama de vuelta.

¡No! Oso malo. Tengo que dirigirme al club de lucha para recoger a Benny y llevarle con Frangelico para interrogarle. Esta cacería está cerca de terminar. Puedo presentirlo.

Cuando sacudo la sábana, algo cae al suelo; es el cuaderno de bocetos de Jordy. En el instante que lo recojo, una imagen me asalta los ojos. Me quedo inmóvil ante lo que podría ser una serpiente de cascabel.

—¿Qué pasa? —Jordy pregunta desde la puerta. No lleva nada más que su camisa sin abotonar. Hace un segundo me habría tentado.

Levanto el bloc de dibujo, sosteniéndolo a la luz de la lámpara. No me equivoqué. La imagen es clara: el vampiro tuerto.

—¿Grizz? ¿Qué? ¿Qué pasa?

Le doy la espalda. Es demasiado para conciliar: la mujer que amo y el objeto de mi odio. Nunca le dije cómo se veía. ¿Lo supo todo el tiempo? ¿Lo sabía Agustino?

No puedo evitar que mis pensamientos espiralicen en un giro siniestro. Es demasiada coincidencia que el monstruo que alimenta las pesadillas de Jordy sea el asesino de mi madre.

¿Es posible que Jordy haya jugado conmigo? No. No conscientemente, los vampiros mueven los hilos. ¿Es una trampa para mí?

Tiene sentido. Jordy es el cebo perfecto. Agustino me vio embelesado con ella en Toxic. ¿Y conspiró con mi enemigo para atraerme? En cualquier momento, Jordy podría hacer una llamada y traer a los vampiros aquí. Solo tiene que esperar hasta que este sitio sea su hogar, luego puede invitarlos a cruzar el umbral.

No. Basta. Estamos hablando de Jordy. No podría traicionarme. ¿Podría?

Me doy vuelta y la expresión de mi rostro la hace retroceder.

—¿Grizz? —Pasea la mirada desde mí hasta el cuaderno de dibujo, vacilante e insegura.

—¿Qué es esto? —Sostengo el boceto frente a su cara, con la voz intencionalmente fría—. ¿Por qué dibujaste esto?

Ella sacude la cabeza, sus dedos trazan el dibujo ligeramente.

—Dijiste que debería dibujar mis pesadillas.

Dejo caer el bloc y le agarro los hombros.

—¿Quién es él? ¿Está Agustino aliado con él?

—Grizz, por favor...

—¡Respóndeme! —rujo, incluso cuando mi oso protesta por mi trato rudo hacia ella.

—¡No lo sé! —grita—. ¡No sé quién es! Está en mis

sueños. No me acuerdo. Agustino me llevó con él, y creo que... No lo recuerdo.

—¿Me estás mintiendo? —Inclino su cabeza hacia atrás.

Las lágrimas aparecen en sus ojos.

—Nunca te he mentido.

Dice la verdad. La olfateo, no percibo una mentira. Pero todavía podría ser un peón, aunque no sea su culpa.

—Lo siento. —Me alejo. Suplicante, levanta la cara pero no puedo tocarla, tranquilizarla. En cambio, me paso una mano por el cabello—. Me equivoqué. No quise lastimarte. Acabo de ver... —Hago un gesto hacia la imagen. Joder, mi corazón se acelera.

Jordy recoge el cuaderno de bocetos.

—¿Qué es? Me asustas.

—Ese es el vampiro que mató a mi madre. —Miro fijamente la cara que me persigue. No he visto su imagen en más de quince años.

La sangre abandona la cara de Jordy. Parece tan torturada como yo.

—No lo sabía. —Se hunde en la cama con el bloc en su regazo, la imagen condenatoria en exhibición.

Por supuesto que Jordy no lo sabía. Tengo que pensar con claridad. Racionalmente. Si no soy el cazador, entonces soy la presa.

Me paso una mano por la cara y me aclaro la garganta.

—¿Cuándo le conociste? ¿Lo sabes? —Bueno, eso es racional. Hacer preguntas, averiguar las cosas. Soy un Sherlock Holmes. Jordy vacila y el rostro se le retuerce con recuerdos dolorosos, pero cuando habla, mira la imagen.

—Fue recientemente. Los últimos meses. Al principio me vendaba los ojos, pero luego... se metió a hacerme cosas.

—¿Sexuales? —pregunto con voz fría, clínica.

Ella hace una mueca.

—Y otras cosas. Se alimentaba. Al principio, desde los lugares de mi cuerpo donde late el pulso, pero luego... —señala su corazón—. No recuerdo esa parte.

Tiene sentido. La sangre del corazón es la más potente, pero la más peligrosa de tomar. Fácil para matar a la víctima.

—¿Recuerdas algo más? —vacila y gruño—. Jordy. Dime, ahora.

—Sentí que me estaba muriendo —susurra, y se me paraliza el corazón. Soy un imbécil por obligarla a recordar, pero necesito saberlo. Todo por lo que he luchado está en juego—. Los vampiros tragaban y tragaban... pensé que moriría. Me desmayé un par de veces. Cuando volví en mí, me estaban transfundiendo su sangre.

Joder. ¿Vampiros compartiendo sangre? ¿Con una cambiante? Suena como mi arreglo con Frangelico. Pero ¿por qué lo harían con Jordy?

Cuando le pregunto, sacude la cabeza.

—No lo sé. Pero me sanó. La sangre me hizo sentir fuerte de nuevo. Más tarde, Agustino me dijo que había fracasado. Que yo era demasiado débil. Me odió después de eso.

—Así que trataste de olvidar esa noche. —Hasta que la hice recordar. Sí, soy un imbécil, pero es hora de que Jordy lo sepa. He estado jugando a la casita con una linda zorrita durante demasiado tiempo. Se acabó el tiempo de juego.

Tiro el cuaderno de dibujo de sus manos y arranco la imagen de mi enemigo. Cuando no encuentro más imágenes reveladoras, me detengo un momento en un boceto de mi rostro, dibujado amorosamente, con las cicatrices atenuadas.

—Zorrita... —la palabra se me sale de la boca. Me trago el cariño. Tengo que mantenerme fresco. Sin corazón. Sin emoción. Nada más que la cacería.

Tiro la almohada de la cama junto a ella.

—Voy a salir. Quédate aquí. —Infundo suficiente dominio en la orden para que obedezca.

—Grizz...

—Lo digo en serio. —Si se va y Agustino la encuentra, hará que ella le lleve directamente a mí. El cazador se convierte en el cazado. No si puedo evitarlo. Una vez que Frangelico y yo interroguemos a Benny, la verdad saldrá a la luz. Frangelico me dará suficientes dosis de sangre para eliminar al vampiro tuerto y compañía. Solo tengo que concentrarme, lo cual significa sacarme a una seductora zorra de la cabeza.

Con ese pensamiento, salgo del dormitorio sin una segunda mirada.

—¡Grizz!—grita.

Me detengo en la puerta pero no me doy vuelta.

—¿Qué?

—Lo siento.

Hago un gesto impaciente; un sollozo me inunda los oídos cuando salgo, pero blindo mi corazón. Soy un frío cazador, empeñado en atrapar a su presa. Lo he olvidado por un momento, pero es hora de que ambos aprendamos: no hay lugar en mi corazón para nada más que la venganza.

Capítulo dieciséis

Grizz

Mi teléfono suena justo cuando me subo a la moto. Respondo con un gruñido.

—¿Dónde has estado? —Parker me pregunta—. Todo el día he recibido llamadas de la manada de lobos. Quieren saber cuándo regresas al club para recoger el paquete que dejaste.

—Voy en camino ahora mismo. Encuéntrame allí. Necesito tu coche para transportar el paquete.

Cuando llego, Trey me espera junto a la puerta trasera.

—¿Estás aquí para recoger a la sanguijuela?

—Sí. —Resisto el impulso de levantar la tapa del contenedor de basura y ver cómo está Benny. No quiero que muera demasiado pronto—. Solo estoy esperando el transporte.

Trey me ofrece una cerveza. Ante mi expresión de asombro, se encoge de hombros.

—La manada ganó una tonelada de dinero contigo. Creo que todos te han perdonado. Todos menos Caleb. Quiere darte una paliza.

—Ese oso tiene demasiada locura. Habría sido sangriento.

—¿Quién era la pelirroja, por cierto?

Sacudo la cabeza. Cuanta menos gente sepa quién es Jordy mejor. Sé que hay otra zorra en la ciudad, o al menos mitad zorra, que se ha apareado con uno de los lobos, pero las cosas están demasiado alborotadas para presentar a ambas. Mantener a Jordy a salvo es mucho más importante que fomentarle su vida social.

—No hubiera imaginado que existiera alguien en el mundo que te importara —reflexiona Trey.

Parece que no puedo ocultar mis sentimientos. Joder, tengo que averiguar qué hacer con Jordy.

—Si necesitara un viaje seguro para alguien, ¿podrían los lobos proporcionárselo?

Sus ojos se iluminan.

—¿Un favor?

Me trago mi orgullo.

—Sí.

Se queda mirándome un momento, luego sacude la cabeza.

—No se requiere un favor cuando ayudas a alguien con bondad en tu corazón.

Hace un día hubiese dicho que ayudaba a Jordy en beneficio de mi polla. Ahora, no estoy tan seguro.

Esperamos en silencio hasta que el Camaro blanco aparece, cuando los últimos rezagos de la luz del día abandonan las montañas. Trey y yo cargamos el inerte cuerpo de Benny en el maletero del Camaro con las quejas de Parker como banda sonora de fondo.

—¡Este es un coche nuevo! ¡Lo acabamos de limpiar!

Cierro de golpe el maletero, silenciando las quejas.

—Nos vemos —le digo a Trey.

—Sí. —El hombre lobo se frota la nuca, le da un golpe al maletero y se mete en el club de lucha. Si todo va bien, es posible que no vuelva a andar por aquí. Si todo sale mal, estaré muerto.

—¿Grizz? ¿Ya estás listo o qué? —pregunta Declan.

—Sí. —Giro sobre mi bota y señalo a Laurie—. Toma mi moto. El resto, al coche. —Me dirijo al lado del conductor y miro a Parker hasta que salga del asiento.

El club se refleja en el espejo retrovisor hasta que salgo del aparcamiento y acelero, ignorando las protestas adicionales.

No más nostalgia.

Tengo vampiros que atrapar, un asesino que matar.

—¿A dónde vamos? —Declan pregunta.

—A ver a Frangelico.

Hay una ráfaga de frenética conmoción en el asiento trasero.

—¡No podemos ir allí! ¡Nos matará!

—¡Detente! —grita Declan, agarrando el volante.

Lo hago.

—¿Qué carajos?

Declan y Parker ya están en la acera.

—Apostamos a que ganarías la pelea.

—¿Y?

—Así que pedimos prestado un poquito de dinero para hacerlo.

Suspiro y hablo:

—¿Y tomaste un préstamo de Frangelico? No necesitas que te diga que fue estúpido.

—¡Se suponía que debías ganar el combate!

Mis manos se aprietan en el volante. Tengo que llevar a Benny con Frangelico ahora. Cada segundo que pasa es otra oportunidad para que el vampiro tuerto se me escape.

—Subid al coche —ordeno—. Hablaré con Frangelico por vosotros.

—¿En serio? —Parker se anima—. ¿Harías eso?

—No os matará bajo mi vigilancia. Ni siquiera os hará sangrar. —Simplemente quedarán en deuda con él, lo cual podría decirse que es peor.

Cuando nos detenemos en la mansión, aparco frente a la puerta.

—Dile a Laurie que aparque mi moto aquí —ordeno antes de salir y sacar a Benny del maletero. El mamón gorgotea mientras lo acomodo en mi hombro. Será mejor que no me babee sangre.

—¿Y hablarás con Frangelico de nuestra deuda?

—Sí. —Saludo sin mirar atrás. Llamo la atención de una cámara de vigilancia y pongo a Benny a la vista.

Cuando las puertas se abren, entro. Benny se siente más ligero. ¿Por pérdida de sangre? La anatomía del vampiro es muy extraña.

Esta vez, ningún guardia me recibe en la puerta principal. Evidentemente el rey confía en mí. O está impaciente por meter sus garras en Benny. O los colmillos.

Frangelico aparece en el vestíbulo vestido con vaqueros y una camisa blanca. Es el estilo más informal que le he visto.

—¿Es esto para mí? —Se arremanga la camisa cuando estoy a punto de señalarle que el blanco es un mal color para lo que estamos a punto de hacer. Benny gorgotea y se sacude. La estaca se cae y mi carga comienza a moverse.

—Joder, se está despertando.

Frangelico se pone a mi lado en un instante, literalmente. Ni le vi moverse. Ni siquiera se desdibujó. *¡Joder, vampiro veloz!* Mi aprensión escala mientras Frangelico se hace cargo de su vástago.

—Shh, te tengo —canturrea el rey, como si estuviera acunando a un hijo. Lo cual, en cierto modo, lo es. Los ojos de Benny revolotean hasta posarse en la cara del rey, entonces se abren con pavor. Un gemido brota del vampiro cuando se da cuenta de quién le está cargando.

—Buenas noches, Benedicto —dice Frangelico con su voz más espeluznante—. ¿Te has portado mal?

Me doy la vuelta antes de vomitar, justo a tiempo para no ver cuando Frangelico le rompe el brazo a Benny. El vampiro grita, pero el rey se limita a levantarle.

—Abre la puerta, ¿quieres? —dice Frangelico y me abro paso deprisa—. Terminaremos con esto en el calabozo.

* * *

Benny tarda menos de una hora en confesar. Por lo general, me involucraría, pero la forma en que Frangelico tortura a los suyos es demasiado para mí. He dado muchas palizas, también las he recibido, pero él usa tanto el tormento emocional como el dolor físico, lo cual va más allá de lo que puedo soportar. Además, su mazmorra, abarrotada de dispositivos de tortura medievales, en verdad de la Edad Media, es jodidamente repugnante. Benny también lo cree así, porque confiesa todo respecto al golpe contra Frangelico; junto con quienes son los conspiradores. Casi todos los vástagos de Frangelico planean derrocarle, y en cuanto Frangelico se entera, abandona toda pretensión de cuidar a Benny, volviéndose absolutamente cruel.

Casi me compadezco de la víctima, pero entonces Benny grita algo de la zorra de Agustino.

—¿Qué dijiste? —Me acerco a la cara de Benny. No hay necesidad de mirar lo que Frangelico le hace a su cuerpo.

—Agustino tiene una mascota. Dijo que te la llevaste. La quiere de vuelta.

—¿Dijo por qué?

Benny sacude la cabeza frenéticamente.

—¿Quién es el vampiro tuerto? —le pregunto—. ¿Cómo se involucra?

—También quiere a la zorra. El experimento ha terminado, dijeron, pero todavía quieren que la zorra vuelva. Para ocultar pruebas.

—¿Experimentos? ¿Qué experimento?

Frangelico hace algo y Benny grita.

—¡No lo sé! No me lo dicen todo.

Cuando asiento con la cabeza a Frangelico, este hace que Benny grite un poco más, pero no obtenemos nada sobre el vampiro de un solo ojo. Solo la ubicación del club secreto, detrás de la puerta del sótano donde arrinconé a Benny.

Finalmente, Frangelico anuncia que hemos conseguido información suficiente por esta noche.

—¿Te unirás a mí para tomar una copa? —me invita. Cuando se va, acaricia la mano flácida de Benny—. Volveré a por ti más tarde. —Con el gemido de Benny, nos vamos.

—Tengo que irme —le digo a Frangelico mientras nos lavamos. No parece importarle la camisa cubierta de la sangre de Benny. Se lava las manos e inspecciona sus uñas como si hubiera pasado la última hora haciéndose una manicura.

—Un minuto —dice Frangelico.

—Vale —gruño. Cada segundo que paso aquí, los vampiros tienen la oportunidad de irse de su club.

—Prometo hacer que valga la pena.

De acuerdo, entonces. Sigo al rey a su sala de estar.

—¿Qué vas a hacer con tu vástago? —pregunto, pero el rey me ignora, va a la barra y sirve dos vasos de whisky. Acepto el mío pero no bebo.

Frangelico bebe el suyo de un trago y se sirve otro. ¿Intenta emborracharse? ¿Los vampiros se emborrachan? Joder, no tengo tiempo para estos juegos. Antes de que pueda retirarme, Frangelico murmura casi para sí mismo.

—¿Tienes alguna idea de la dificultad para crear un vampiro? ¿Lo que implica?

Me encojo de hombros.

—¿Intercambios de sangre?

—Correcto. Una alimentación cuidadosa, constante. Un número de sesiones que varía. Si haces demasiadas, debilitas a la víctima. Si haces pocas, el virus no se afianza. ¡Oh, sí! —exclama, al tomar mi conmoción por interés—. El vampirismo es un virus. Una vez realizados todos los intercambios, para garantizar que la víctima esté lo suficientemente preparada para arraigar el virus, es hora del paso final. El sire la mata. El corazón debe detenerse; la víctima debe morir. Solo entonces el virus se arraiga. Necesita la sangre del corazón. La sangre más espesa, rica y mortal de todas. Se derrama la sangre del corazón de la víctima, el sire la reemplaza.

»Es insoportable —prosigue Frangelico en un susurro, estudiando el color de su bebida—. Esperar al lado de tu vástago, sin saber si se levantará de nuevo. Si se apagó su vida antes de tiempo.

»De todos los pecados que pesan sobre mi cabeza, la muerte de mis vástagos es la razón por la que estoy condenado. Pero la condena es un pequeño precio que se paga para evitar la larga penitencia y tener la vida eterna. —Deja el vaso con un tintineo. Una vez más, susurra tan bajo que me pregunto si habla para mis oídos—. Viviré para siempre, solo.

Lucius Frangelico, todopoderoso rey de los vampiros, está solo.

Basta. No soy su terapeuta. Me bebo mi vaso y lo apoyo en la barra con un tintineo.

—Voy tras el vampiro tuerto —le informo—. Necesito sangre. Mucha.

Sin decir otra palabra, Lucius va a su barra y saca una pequeña nevera.

—Aquí —dice. Cojo el asa de la nevera, pero no la suelta —. Esto es más de lo que te he dado. Úsala con prudencia. Beberte toda esta podría...

—Matarme, sí, sí. Lo sé.

Cuando arquea una ceja, me doy cuenta de que acabo de burlarme del rey vampiro, pero después de un segundo, sonríe y me relajo.

—Iba a decir "resucitar a una persona", lo cual es otro uso de la sangre vampírica, ¿lo sabías? Sangre de vampiro: la sustancia más curativa de la Tierra. —Toma su vaso y murmura hacia el líquido—: Si lo supieran, los humanos nos cazarían y reproducirían.

Espero hasta que haya terminado de tragar antes de hablar:

—Una cosa más...

—¿Sí?

—¿Recuerdas a los metamorfos que te pidieron un préstamo? Fue para apostar por mí en la pelea.

—¿Sí? ¿Qué hay de ellos?

Joder. ¿Cómo le digo esto?

—Son... Son mis amigos.

El rey vampiro sonríe más ampliamente. No es una vista bonita.

—Y me lo dices porque...

—Porque aprecio a mis amigos. —Será mejor que no le diga "a los chiflados"—. Me molestaría —enuncio cuidadosamente— si alguno de ellos padeciera algún daño.

—Ah. Ya veo. —El vampiro se ríe—. Has pasado demasiado tiempo con vampiros. Has aprendido el arte de la amenaza sutil. —Se inclina hacia la mininevera, saca hielo para su bebida mientras aprieto los dientes. Estoy tan cerca de decirle que una estaca no es nada sutil cuando se encoge de hombros.

—No tengo ningún interés en matar a ninguno de mis deudores. No se puede exprimir sangre de una piedra. O de un cambiante muerto. —Me da una de sus sonrisas escalofriantes—. Si no pueden pagarme, simplemente me deberán un favor.

Reprimo un estremecimiento. Los tres chiflados muertos podrían estar mejor.

—Entendido.

—Te deseo lo mejor en tu cacería.

A medio camino de la puerta, recuerdo una pregunta.

—¿Y tu vástago? ¿Cuáles son tus planes?

El rey se ha movido hasta ponerse de frente a las puertas francesas, donde mira hacia el pórtico. Sin girarse, agita la mano.

—Termina tu búsqueda. Cumple con tu venganza.

—No te preocupes, estoy en ello. Pero si me encuentro con Agustino y el resto de tus criaturas, ¿tengo permiso para ocuparme de ellos?

—Si se han vuelto contra mí, ya no están bajo mi protección. Puedes matarlos. Mátalos a todos.

Le dejo mirando hacia el cielo nocturno. Tengo la sensación de que no se moverá por mucho tiempo.

Capítulo diecisiete

Jordy

—Abróchate el cinturón, muchacha, no es tan malo —dice Declan. Él y los otros dos han intentado animarme desde que me recogieron de la casa de Grizz—. Tienes la oportunidad de pasar el día con nosotros.

Miro por la ventanilla del coche, pero no veo nada, excepto el recuerdo de la cara enfadada de Grizz.

—¡Ya hemos llegado! —canta Declan, cuando Parker entra en un aparcamiento de caravanas. En cada parcela hay una junto a una porción de grava como patio y, por encima, una palmera.

—Hogar, dulce hogar.

Los chicos salen del coche cargados con bolsas de comida para llevar. Les sigo más despacio, frotándome el doloroso tatuaje.

Pensé que Grizz y yo compartíamos algo. Pensé que tal vez, nos daría una oportunidad y podríamos estar juntos si me eligiera. Pero no lo hizo, lo cual no debería sorprenderme cuando mi propia familia me abandonó. Lo doy todo y, sin embargo, no significa nada.

Una vez que entro en la caravana, Parker habla por teléfono. Cuando el canoso metamorfo me ve, se escabulle.

—Zorrita, vamos. —Laurie me hace señas para que me siente a su lado en un sofá raído.

Intento seguir a Parker y Declan aparece frente a mí.

—¿Quieres un poco de cerveza? ¿O algo de esto? —Sostiene una petaca y le quita la tapa—. Mi propio brebaje. —Se bebe un trago, tose hasta que se le enrojecen los ojos y le lloran—. Delicioso —jadea. Laurie se incorpora de un salto para golpearle la espalda.

Cojo la petaca que me ha ofrecido y se parece bastante a la de Grizz. Olfateo la tapa y los vapores me escaldan la nariz. Parker regresa y le devuelvo la petaca a Declan.

—¿Era Grizz? —le pregunto a Parker con entusiasmo.

El metamorfo de pelo canoso no me mira a los ojos.

—Sí. Dice que se fue de casa de Frangelico y está de cacería.

La cacería. Claro.

—¿Preguntó por mí?

—Dijo que deberíamos sacarte de la ciudad, rápidamente.

Respiro. Me lo esperaba, aunque no tan pronto. Pero ¿por qué no? Grizz no me quiere. Solo busca venganza.

—No tiene que ser esta noche —continúa Parker gentilmente—. Pero pronto.

—Está bien —le digo—. Puedo irme.

—No, no, muchacha. —Declan me pone un brazo alrededor de los hombros—. Relájate. Quédate un rato.

Durante las siguientes horas, me siento en el sofá viendo reposiciones en la televisión, con una antena digital pegada a la ventana. De vez en cuando, se corta la señal y Declan y Laurie se turnan para patear la consola hasta que retoma la transmisión.

—No te comiste tu hamburguesa. —Parker me da un codazo.

—¿Puedo comérmela? —Declan pregunta, y Laurie lo golpea.

—B-b-basta. Está triste.

Los tres me miran.

—Estoy bien. —Esbozo una ligera sonrisa—. Toma, puedes comértela.

Cuando le paso el sándwich envuelto, unos faros alumbran la ventana y luego se apagan.

—¿Esperamos a alguien? —Declan pregunta.

Laurie se encoge de hombros. Parker se dirige a la puerta mientras me levanto de un salto y corro hacia la ventana. ¿Podría ser Grizz?

La esperanza se marchita cuando veo un elegante sedán negro con cristales tintados. Siento un escalofrío en la sangre.

Los vampiros están aquí.

* * *

Grizz

Joder, ¿adónde se han ido los vampiros?

El sótano está vacío. También el teatro, a pesar de que alguien ha estado aquí desde la última vez que vine. Un foco está encendido, dirigido a una sola silla de madera colocada en el centro del escenario.

En la silla hay un oso de felpa hecho jirones, al que le falta un ojo de botón. El torso está manchado de sangre seca, y cuando lo recojo una de las piernas se cae. Encantador. Una amenaza del vampiro tuerto solo para mí.

Olfateo para recordar el olor del cabrón y se me hiela la sangre. El oso de felpa huele a vampiro... y a Jordy.

Dejo el oso, el teatro, y monto mi moto. Estoy de lleno en la cacería ahora, nada me va a detener. Menos mal que Frangelico me dio una nevera portátil para mantener la sangre. Cuando los encuentre, estaré listo.

* * *

Jordy

—¿Quién carajos...? —Parker comienza a abrir la puerta y yo le atajo.

—Agachaos —siseo a los demás.

—¿Jordy? Qué...

—Shh. —Tapo la boca de Parker—. No puedes dejar que te oigan.

—¿Quiénes?

—Los vampiros —le digo con mímica y sus ojos se abren de par en par.

—Zorrita, déjame entrar.

—Es Agustino. Ha venido a por mí.

Un golpe a la caravana nos sobresalta. Un largo chirrido rasga el remolque de un extremo al otro. Una pausa y comienza de nuevo.

—¿Qué es eso? —susurra Declan—. ¿Qué hace?

Contengo la respiración mientras el chirrido continúa. Parece que arrancaran el revestimiento de la caravana. Me siento como una sardina en una lata.

—Voy a destrozar la caravana poco a poco —explica Augustino con calma—. A tus amigos no les gustará mucho mi remodelación. Lástima. Tanto trabajo de mi parte, sin apreciar. No importa. Si me entra hambre, siempre puedo tomar un tentempié humano.

Cierro los ojos. Está aquí, sin control, en el parque de caravanas. No dudará en matar a un humano, cree que son inferiores a los insectos.

—¿Qué quieres? —Declan grita antes de que Laurie agarre una almohada y se la tire a la cara.

—Solo quiero lo que es mío. El oso la robó, pero me pertenece.

No. Ya no. Pertenezco a Grizz. O le pertenecía hasta que se fue. Me acaricio la tierna piel sobre mi corazón. Las cicatrices de los vampiros, la huella de la pata que elegí para mí. Puedo ser una víctima. O puedo elegir.

—Depende de ti, esclava —espeta Agustino—. Dame lo que quiero, o... —La puerta se estremece. Una, dos veces, y luego se queda quieta.

—Somos como los tres cerditos —murmura Declan.

—Shhhhhh —sisean Parker y Laurie.

Espero con la mano sobre el corazón. Uno, dos, tres latidos. Mi corazón late por Grizz, que ahora se ha ido. Le di todo, pero hay algo que puedo dar.

Me levanto, ignorando el grito desesperado de Parker:

—¡No! —Abro la puerta.

—Aquí estoy.

Salgo.

* * *

Grizz

Aguardo en un semáforo cuando me doy cuenta de que mi bolsillo vibra. Saco el teléfono y respondo con un gruñido de fastidio.

—¡Se la llevaron!

Escalofríos recorren mis brazos.

—¿A quién? ¿A Jordy?

—¡Los vampiros! Vinieron y... —Se oye un sonido amortiguado, como si el teléfono se hubiera caído.

—¿Declan? ¿Parker? —Aprieto los dientes, el teléfono cruje con mi sujeción. Joder, casi lo rompo. Me fuerzo a aflojar el agarre.

—¿Grizz?

—¡Habla! —El semáforo se pone verde y un cabrón en un Honda Civic me toca el claxon. Me doy vuelta y le miro fijamente hasta que me sobrepasa y se aleja—. ¿Qué pasó?

—Viniero los vampiros. Estábamos en la caravana, pero comenzaron a romperla y... —jadea, tragando aire.

—¿Y qué? —gruño. Voy a convertirme en oso en medio del tráfico si no tengo cuidado.

—Y Jordy se fue con ellos. Se sacrificó. Nos salvó.

Jordy. No.

—¿Los vampiros la tienen?

—La metieron en el maletero y se fueron. Intentamos seguirlos, pero los perdimos.

—¿Adónde? —ladro, ya girando mi moto—. Dime adónde, maldita sea...

—Hacia Oro Valley.

—¡Joder! —espeto y cuelgo. Sé a dónde la llevan.

Giro la moto y acelero. Todo este tiempo me lo pasé cazando vampiros cuenso ellos la estaban cazando a Jordy. La puse en peligro. Le prometí que la mantendría lejos de los vampiros, fallé. La dejé. Debería haberla sacado de la ciudad cuando tuve la oportunidad.

También la he envuelto para regalo para dársela a Agustino. Y al vampiro tuerto.

Cuando la luz del semáforo siguiente cambia a amarillo, acelero antes de que se encienda el rojo.

Espérame, zorrita. Tengo que llegar a Jordy antes de que sea demasiado tarde.

Me abro paso entre el tráfico, pero me quedo atascado detrás de un camión de dieciocho ruedas; tengo que poner el pie en el suelo para estabilizar la moto. Golpeo el mango derecho y se abolla.

¿El vampiro de un solo ojo sabe lo que Jordy significa para mí? La matará seguro. Joder, el oso de peluche, empapado en sangre, con el aroma de Jordy. Tal vez era la sangre de Jordy, si dijo que recordaba que se alimentaba de ella y luego la revivía con la sangre de él. ¿Qué maldito enfermo alimenta a una cambiante con sangre? A menos que... a menos que....

Joder. Ahora sé qué intentan lograr los vampiros.

Es por eso que utilizan cambiantes. Se abastecen de metamorfos por medio de los esclavistas que no secuestran a los dominantes. Se llevan a los débiles.

Todo para hacer un ejército de vampiros. *¿Sabes qué difícil es crear un vampiro?* Tan difícil, demasiado. Un proceso muy largo, a menos que la víctima sea más fuerte que un humano.

Quieren crear más vampiros. Rápidos. Fuertes. Mejores. Con un ejército pueden derrocar a Frangelico.

Todas las piezas caen en su lugar. Y Jordy... Jordy es la clave.

Tengo que salvarla.

Capítulo dieciocho

Jordy

Estoy desnuda en la alfombra del gran dormitorio con Agustino caminando a mi alrededor. No he dicho nada desde que me agarró delante de la caravana y me metió en el maletero del coche. Esperaba que me llevara al club o de vuelta a la sala verde, pero no aquí.

"Bienvenida a casa", dijo mientras me arrastraba por el camino hasta la casa donde me tenía antes. Me muerdo la lengua para evitar corregirle. Este nunca fue mi verdadero hogar.

—Jordy, Jordy —canturrea ahora, pasándome un dedo por la nuca. Su uña me corta, pero no me inmuto—. Has sido una mala esclava.

No soy tu esclava. Ya no te pertenezco.

—Qué alegre persecución me han dado tú y tu oso de felpa. Debo decir, estoy casi impresionado.

No digo nada, solo aprieto los puños contra las piernas. No me inmutaré. No temblaré, ni me quebraré. No le daré a este vampiro esa satisfacción.

Nunca fue mi amo. Es un impostor que tomó de mí lo que no era suyo. Nunca le pertenecí realmente.

Solo aguanto unos minutos más hasta que habla.

—¿Creías que podrías esconderte para siempre? ¿Pensaste que él te protegería?

—Me protegió —digo, y mi cabeza vuela hacia un lado con la bofetada de Agustino, un golpe que esperaba pero que nunca vi venir. Se me entumece la mejilla.

—Te abandonó —se burla el vampiro—. Y ahora, de vuelta aquí. Sola. Desarmada. Lamentable. Nada más patético que una esclava sin dueño.

No estoy sin dueño. Puede que mi amor no me quiera, pero le elegí a él. Llevo su marca en mi corazón.

Oh, Grizz, desearía poder verte. Una última vez.

Mi antiguo amo vampiro me rodea.

—Arrodíllate.

—No. No me arrodillo ante ti.

—Me perteneces.

—No. Ya no. —Y sonrío. Su control sobre mí se ha roto. No me someto a nadie. La sumisión es una elección, no elijo a nadie más que a Grizz.

—¿A quién se lo ha contado? —irrumpe una voz.

Entonces me encuentro cara a cara con mi pesadilla. El vampiro tuerto.

Por primera vez en mi vida, miro a ambos vampiros a los ojos, pues voy a morir de todos modos. También podría defenderme.

—No me lo dirá —gruñe Agustino.

—Así que la obligaremos —dice el vampiro tuerto, y por un momento todo se desvanece.

Vuelvo en mí cuando Agustino me da una bofetada en la cara.

—No sirve de nada. No sabe nada. Y nos estamos quedando sin tiempo.

La voz del vampiro tuerto llena mi cabeza, la pesadilla cobra vida.

—Entonces nos aseguramos de que no vuelva a hablar.

Y luego, dolor. Tanto dolor.

* * *

Grizz

Aparco justo cuando un coche negro con cristales tintados oscuros se aleja, los neumáticos chirrían a la vuelta de la esquina, una risa horrible resuena en mis oídos. Antes de que pueda perseguirlo, un réguero rojizo me llama la atención. Por el camino que conduce hasta la casa, hay huellas rojas, impregnadas de olor a sangre.

No es una buena señal.

En cuestión de segundos, me bajo de la moto y entro en la casa. La petaca me llama desde mi bolsillo, pero en lugar de agarrarla, aprieto el puño. Necesitaré hasta la última gota para el enfrentamiento con los vampiros, aunque algo me dice que ya se han ido.

La casa de Agustino, en silencio, tiene el olor a vampiro que se siente en todas partes. Mi oso está alerta, salvaje. Este lugar, silencioso como un sepulcro, me dice que esta cacería no acabará bien.

Sigo las huellas ensangrentadas desde la puerta principal hasta el pasillo. Terminan frente a una puerta entreabierta que conduce a un dormitorio. Abro la puerta, pero se desliza pesadamente en la moqueta empapada, una marea roja.

Sangre, más sangre, y justo a la vista, un mechón de pelo rojo.

¡Oh, no!

Dejo de forzar la puerta y entro en el dormitorio oscuro. Jordy yace en la moqueta con las extremidades torcidas, como una muñeca manchada de sangre que han dejado para que la encuentre. Los vampiros se divirtieron y la abandonaron.

Es culpa mía.

Caigo de rodillas, le cojo la mano y gime. Tiene la articulación rota. Me mira a la cara con los ojos muy abiertos por el dolor y el miedo.

—Grizz.

—Tranquila, zorrita. Estoy aquí.

No me molesto en revisarle las heridas. Empapada en sangre, el peor desgarro está sobre su corazón, por donde emana sangre con cada latido. Los vampiros la abrieron. Quiero rugir, destrozar este sitio. En cambio, me agacho a su lado.

—Estás aquí —dice, con los dedos a tientas sobre mi cara.

—Por supuesto que estoy aquí. —¿Pensó que me mantendría lejos? ¿Que la dejaría morir? Sacudo la cabeza—. Lo arruiné todo.

—Tienes que irte. —Intenta levantar la cabeza y la tranquilizo.

—No te voy a dejar, Jordy.

—Tienes que hacerlo. El vampiro tuerto estaba aquí. Puedes encontrarle. Puedes rastrearle. Ve. Cumple tu venganza. —Me aprieta los dedos y los suelta—. Vete.

—Jordy.

—Ve a matarle, Grizz. Así podrás ser libre. —Su cabeza se inclina. Joder, ha perdido demasiada sangre. Su zorra lo intenta, pero la curación del cambiante no sucede lo bastante deprisa.

—No me dejes, zorrita.

Su aliento retumba en sus pulmones.

—Quería darle mi vida a alguien —dice ronca—. Me alegro de que seas tú.

Joder, no. No puede acabar de esta manera. No puede.

Saco la petaca de mi bolsillo y tanteo la tapa. Tengo que apurarme, no hay mucho tiempo.

—Toma. —Le pongo la petaca en los labios—. Necesitas beber esto. *Sangre de vampiro: la sustancia más curativa de la Tierra.*

Mueve los labios como para protestar. Le acerco la petaca a la boca, la inclino. La sangre, oscura y espesa, se vierte en su boca. Balbucea, sacudiendo la cabeza.

—Vamos —ordeno—. Bébetela toda.

Espero hasta que trague, salgo corriendo y regreso con la mininevera. La sangre del rey vampiro es la más potente que existe. Si hay algo que puede curarla, es esta.

—Bebe —ordeno infundiendo todo el dominio en mí. Fuerzo a que beba dosis tras dosis, luego vierto el resto sobre su cuerpo. Toda la sangre destinada a vengarme. Cada gota.

Finalmente, cuando Jordy yace en una marea roja con los ojos cerrados, espero mucho tiempo escuchando su aliento. Lento, pero constante. No es mucho, pero es algo.

Me apresuro a buscar todas las mantas que puedo y se las pongo alrededor. Cielos, ¿su pecho sigue moviéndose? Las heridas todavía tienen mal aspecto, pero no hay sangre fresca saliendo de ella. Con un poco de suerte, la curación ha comenzado.

—Lucha, zorrita. Puedes hacerlo, zorrita. —Me tumbo a su lado y le retiro el cabello de la cara. Tiene la piel helada. Joder—. No puedes dejarme, Jordy. Simplemente no puedes. Ahora no. No cuando finalmente estoy entrando en razón. —Joder, me duelen los ojos. Parpadeo un par de veces. No he llorado desde que murió mi madre. Pero tengo la cara mojada cuando pongo un brazo alrededor de Jordy y presiono mi cara contra su cabello empapado de sangre.

—Zorrita. Vive por mí. Porque, de ahora en adelante, vivo para ti.

Un leve ruido y sus labios se separan, su pecho sube y baja.

—Eso es. Así es —murmuro, acercándome más. La curación ha comenzado—. Cuando te despiertes, estaré aquí. Porque te elijo a ti.

* * *

Un gemido me despierta. Abro los ojos y el sol me da en la cara, ya alto en el cielo. Joder, ¿me he quedado dormido? Jordy yace inmóvil a mi lado y por un horrible segundo pienso... pero no, su pecho sigue moviéndose. Tiene la cara y el cuerpo cubiertos de sangre seca, pero debajo, las heridas se han curado.

Me dirijo al baño, tomo una toalla elegante y paso unos minutos lavando la sangre de la cara y el pecho. Cuando voy a mitad de camino, lentamente abre los ojos.

—Hola. —Le acaricio el cabello.

—¿Grizz? ¿Qué...? —Sus ojos parpadean frenéticamente —. ¿Qué pasó? Agustino...

—Se ha ido. Todos los vampiros se han ido. —Por ahora. Sin embargo tengo que llevármela pronto, en caso de que regresen.

—Pero, pensé...

—No podía dejarte, zorrita. Cometí un error, pero no volveré a dejarte.

Arruga la frente y se la aliso. Se relaja con mi contacto. Me asusta cuánto confía en mí.

—¿Cómo te sientes?

Intenta encogerse de hombros, suelta un pequeño gemido.

—Despacio. Estás bien —digo.

—No sé qué pasó. Los vampiros...

—Te golpearon y te dejaron, creyendo que morirías.

Su mano cae, tiene los ojos redondos de dolor.

—Lo recuerdo.

—Zorrita, lo siento mucho.

—Está bien. —Comienza a incorporarse con dificultad, luego se sienta echando una mirada de asombro a su alrededor—. Me siento... bien. —Duda de la palabra, levantando una mano frente a su rostro y mirándola—. Mejor que bien en realidad.

—Es por la sangre.

Jordy cierra la boca.

—¿Sangre?

—Toda la sangre que tenía. Una mininevera entera. Frangelico me la dio para luchar contra los vampiros.

—¿Me la diste?

—Te la di. No sabía si te curaría o te mataría, pero morirías de todos modos. Solo podía esperar. —Le toco la cara con ternura—. Y funcionó. Te sanó. Tomó toda la sangre que tenía, pero valió la pena. Te salvó.

—Usaste la sangre —murmura para sí misma—. Pero ¿qué pasa con los vampiros? ¿Y el vampiro tuerto? Le vi, estuvo aquí. Todavía puedes atraparle...

—No, zorrita. Se acabó. No podemos quedarnos aquí. No puedo volver con el rey. Y ya no puedo ir tras el vampiro tuerto. No puedo arriesgarme a que alguien se entere de ti. Los vampiros estaban tratando de convertirte.

—¿Tratando de...? —Arruga la frente.

—Me di cuenta de lo que estaban haciendo con todos esos intercambios de sangre. Quieren un ejército de vampiros para luchar contra Frangelico. Intentaron convertirte. —Por un momento horrible, me pregunto si la sangre podría haberla transformado en una vampiresa. Pero no. Jordy está viva, su zorra es fuerte. La sangre hizo su trabajo curativo.

—Grizz. —Me toca la cara—. ¿Y tu venganza?

—No la necesito. Solo te necesito a ti.

Cierra los ojos y deja que su frente se encuentre con la mía.

—Lo siento.

—¿Por qué?

—Por arruinar cosas. Por usar toda la sangre. Ahora no puedes vengarte.

—Jordy. —Me aparto y le agarro la barbilla—. No arruinaste nada. Me salvaste. Iba a beber esa sangre, luchar contra los vampiros y morir. No pensé que tuviera nada por lo que vivir más que venganza. Me equivoqué. —Acerco mi cara a la de ella, susurro en sus labios—. Te tengo. —Joder, tengo que besarla.

Me desliza el brazo alrededor del cuello y la levanto para llevarla rápidamente fuera de la habitación, lejos de la sangre. Lejos de la escena de su muerte y renacimiento.

Llego hasta la puerta principal no sin antes atraerla hacia mí y reclamar su boca. La beso en la casa del vampiro, mis manos suben y bajan por su cuerpo, apretando, reclamando. Es tierna, cálida y está entera. Fui tan estúpido. Podría haberme perdido esto. Podría haberla perdido para siempre.

Un perro ladra afuera, como una advertencia del azar. Rompo el beso y Jordy se lleva una mano a la cara. Cuando se ríe del escozor que le ha causado mi barba, tengo que volver a besarla.

Esta vez se aparta, todavía sonriendo.

—Tenemos que irnos.

Cierto.

—Hay que salir de la ciudad antes del atardecer. Lejos del valle.

Se entristece y le tomo la barbilla.

—Voy contigo esta vez. Te lo prometo, Jordy. Nunca más te dejaré.

—Vale —dice mirándome con absoluta confianza. No la merezco. Pasaré el resto de mi vida atesorando a esta mujer, cuidándola y protegiéndola; reemplazando cada recuerdo espantoso de los vampiros con cien buenos. Va a saber lo especial que es. Va a saber que es amada. Dedicaré mi vida a ello. A ella.

—Tendremos que vivir huyendo por un tiempo. Debemos asegurarnos de que los vampiros crean que has muerto, que estoy demasiado devastado para vengarme. Huiremos un tiempo, pero luego te llevaré a mi casa en el norte.

—¿En serio? —pregunta Jordy con los ojos brillantes.

—No es gran cosa —advierto—. Solo una cabaña en el bosque, en Sierra Nevada. Sin nadie alrededor. Solo tú, yo y un montón de árboles.

—Suena maravilloso.

Sacudo la cabeza. Esta zorra. Tan guapa.

—¿Te entusiasma la idea? ¿Vivir en el bosque con un oso gruñón?

—¡Sí! —afirma, y se ríe sin aliento mientras le acaricio el pelo—. Sí. Iré a cualquier parte, Grizz, siempre y cuando sea contigo.

Epílogo

GMe siento en un viejo sillón de dentista con una media sonrisa en mi rostro. Jordy tiene su cuaderno de bocetos y junto con el artista de tatuajes estudian detenidamente los diseños.

—Estaba pensando en poner una montaña aquí mismo. —Usa su mano para trazar la ubicación en mi cuerpo—, y el saguaro gigante y las huellas de las patas en la parte inferior.

—¿Qué clase de animal es ese? —el artista pregunta—. ¿Lobo?

—Zorro —corrige Jordy. Me mira y le guiño un ojo. Tiene la mano todavía descansando sobre mi pecho desnudo, y la capturo para ponerla más firmemente sobre mi corazón. Ella arruga la nariz hacia mí.

—Déjame ver qué puedo hacer. —El artista toma el boceto y lo estudia, frotándose la barbilla. No es tan bueno como el tatuador de Tucson, pero lo hará. Hemos estado huyendo durante más de un mes, sin señales de problemas. Mañana llevaré a Jordy a mi cabaña del bosque, pero primero quiero grabarme estos recuerdos en mi piel.

Cuando el artista se da la vuelta y se aleja, aprovecho la oportunidad para llevar a mi compañera a mi regazo.

—Grizz —protesta, hasta que la beso sin aliento. Le aprieto el trasero a través de sus vaqueros y ella se frota contra mí, olvidando el lugar público.

—Te amo, zorrita —le digo, porque me prometí a mí mismo que se lo diría en voz alta y con frecuencia.

—Lo sé —me susurra, y se aparta antes de que regrese el tatuador.

—¿Listo? —pregunta.

—Sí. —Mantengo la mano de Jordy en la mía mientras el artista comienza a preparar el área—. ¿Vas a taparme todas las cicatrices? —le pregunto.

Jordy sacude la cabeza.

—Las cicatrices nos hacen quienes somos. —Levanta mi mano y cubre el lugar sobre su pecho izquierdo donde lleva las cicatrices que la hicieron ser quien es.

Acaricio el lugar encima de su camisa.

—¿Qué pasa con los tatuajes entonces?

—Las marcas que elegimos nos dicen dónde está nuestro corazón. A quién pertenecemos.

Satisfecho, me relajo otra vez en el asiento. Con cada respiración inhalo su aroma. Para cuando la aguja comienza a zumbar, estoy en trance, rodeado de Jordy.

En unas horas, saldré de aquí con su marca en mi piel, pero no necesito un tatuaje para saber a quién pertenezco. En el momento en que nos conocimos, me poseyó. La tinta en mi piel no es nada en comparación con las marcas que ha dejado en mi corazón.

Fin

Libro Gratis - La virgin y el vampiro

Quiere un libro gratis de Renee Rose y Lee Savino? Suscríbete a su newsletter para recibir *La virgin y el vampiro* y otro contenido especialmente bonificado y noticias de nuevos. https://BookHip.com/XJPQQXK

Libro Gratis de Renee Rose

Quiere un libro gratis de Renee Rose? Suscríbete a mi newsletter para recibir **Padre de la mafia** y otro contenido especialmente bonificado y noticias de nuevos. https://BookHip.com/NCVKLK

Otros Libros de Renee Rose

Vegas Clandestina

Rey de diamantes

Padre de la mafia

Sota de picas

As de corazones

El comodín del Loco

Su reina de tréboles

La mano del muerto

El comodín

Rancho Wolf

Áspero

Salvaje

Feroz

Rudo

Indomable

Implacable

Dos Marcas

Rebelde - GRATIS

Tentada

Deseada

Seducida

Alfas peligrosos

La tentación del alfa

El peligro del alfa

El premio del alfa

El reto del alfa

La obsesión del alfa

el deseo del alfa

La Guerra del Alfa

La Misión del Alfa

El tormento del alfa

El secreto de alfa

Alfa de Montaña

Héroe

Rebelde

Guerrero

Otros libros de Lee Savino

Saga Guerreros Berserker

Vendida a los Berserker

Emparejada con los Berserker

Raptada por los Berserker

Entregada a los Berserker

Reclamada a los Berserker

Alfas Peligrosos

La tentación del alfa

El peligro del alfa

El premio del alfa

El reto del alfa

La obsesión del alfa

El deseo del alfa

La Guerra del Alfa

La Misión del Alfa

El tormento del alfa

El secreto de alfa

La virgen y el vampiro

Conoce a la autora

RENÉE ROSE, LA AUTORA BESTSELLER EN USA TODAY, ama los héroes dominantes, ¡los machos alfa que saben hablar sucio! Ha vendido más de un millón de copias de tórridas novelas románticas con diferentes niveles de sexo no convencional. Sus libros han sido presentados en el Happily Ever After de USA Today y en Popsugar. Nombrada en el Eroticon de los Estados Unidos como la Próxima Autora Erótica Top en 2013, ha ganado también como Autora Preferida en Ciencia Ficción y Antología Valiente y Atrevida y con la mejor novela romántica histórica en The Romance Reviews. Figuró catorce veces en la lista de USA Today con su serie Rancho Wolf y varias antologías.

**Suscríbete a mi newsletter para recibir contenido especialmente bonificado y noticias de nuevos lanzamientos en Español.

https://www.subscribepage.com/reneerose_es

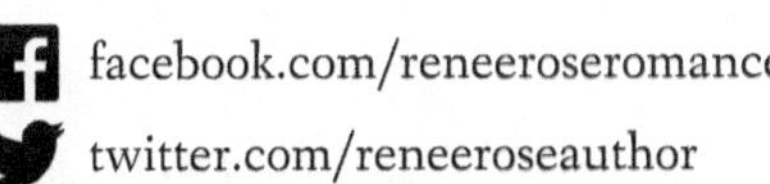

facebook.com/reneeroseromance

twitter.com/reneeroseauthor

instagram.com/reneeroseromance

Conoce a la autora

Lee Savino tiene objetivos grandiosos, pero la mayoría de los días no encuentra ni su cartera ni sus llaves, así que se queda en casa y escribe.

Mientras estudiaba escritura creativa en la Universidad de Hollins, su primer manuscrito ganó el premio Hollins de Ficción.

Lee vive en Estados Unidos, con su increíble familia.

Puedes conectar con ella en su sitio web, su grupo de lectores, y sus redes sociales.